MOBOSANG
DUANPIAN XIAOSHUOXUAN

莫泊桑短篇小说选

【"世界短篇小说之王"的经典之作】

〔法〕莫泊桑◎著

《青少年经典阅读书系》编委会◎主编

首都师范大学出版社

CAPITAL NORMAL UNIVERSITY PRESS

图书在版编目(CIP)数据

莫泊桑短篇小说选 /《青少年经典阅读书系》编委会主编.—北京：
首都师范大学出版社,2011.11(2022 年 8 月重印)
(青少年经典阅读书系.文学名著系列)
ISBN 978-7-5656-0510-9

Ⅰ.①莫… Ⅱ.①青… Ⅲ.①短篇小说-小说集-法国-现代
Ⅳ.①I565.44

中国版本图书馆 CIP 数据核字(2011)第 222686 号

莫泊桑短篇小说选

《青少年经典阅读书系》编委会 主编

策划编辑　李佳健
首都师范大学出版社出版发行
地　　址　北京西三环北路 105 号
邮　　编　100048
电　　话　68418523(总编室)　68908110(发行部)
网　　址　www.cnupn.com.cn
印　　厂　汇昌印刷(天津)有限公司
经　　销　全国新华书店发行
版　　次　2012 年 7 月第 1 版
印　　次　2022 年 8 月第 6 次印刷
书　　号　978-7-5656-0510-9
开　　本　710mm×1000mm　1/16
印　　张　13.5
字　　数　183 千
定　　价　34.00 元

总　序

Total order

　　被称为经典的作品是人类精神宝库中最灿烂的部分，是经过岁月的磨砺及时间的检验而沉淀下来的宝贵文化遗产，凝结着人类的睿智与哲思。在滔滔的历史长河里，大浪淘沙，能够留存下来的必然是精华中的精华，是闪闪发光的黄金。在浩瀚的书海中如何才能找到我们所渴望的精华——那些闪闪发光的黄金呢？唯一的办法，我想那就是去阅读经典了！

　　说起文学经典的教育和影响，我们每个人都会立刻想起我们读过的许许多多优秀的作品——那些童话、诗歌、小说、散文等，会立刻想起我们阅读时的那种美好的精神享受的过程，那种完全沉浸其中、受着作品的感染，与作品中的人物，或者有时就是与作者一起欢笑、一起悲哭、一起激愤、一起评判。读过之后，还要长时间地想着，想着……这个过程其实就是我们接受文学经典的熏陶感染的过程，接受文学教育的过程。每一部优秀的传世经典作品的背后，都站着一位杰出的人，都有一个高尚的灵魂。经常地接受他们的教育，同他们对话，他们对社会与对人生的睿智的思考、对美的不懈的追求，怎么会不点点滴滴地渗透到我们的心灵，渗透到我们的思想和感情里呢！巴金先生说："读书是在别人思想的帮助下，建立自己的思想。""品读经典似饮清露，鉴赏圣书如含甘饴。"这些话说得多么恰当，这些感

总 序
Total order

受多么美好啊！让我们展开双臂、敞开心灵，去和那些高尚的灵魂、不朽的作品去对话，交流吧，一个吸收了优秀的多元文化滋养的人，才能做到营养均衡，才能成为精神上最丰富、最健康的人。这样的人，才能有眼光，才能不怕挫折，才能一往无前，因而才有可能走在队伍的前列。

"首师经典阅读书系"给了我们一把打开智慧之门的钥匙，会让我们结识世界上许许多多优秀的作家作品，会让这个世界的许多秘密在我们面前一览无余地展开，会让我们更好地去感悟时间的纵深和历史的厚重。

来吧！让我们一起品读"经典"！

国家教育部中小学继续教育教材评审专家
中国教育学会中学语文教学专业委员会秘书长

丛书编委会

丛书策划　李佳健
　　　　　王　安
主　　编　李佳健
副主编　张　蕾
编　　委（排名不分先后）
　　　　　张　蕾　李佳健　安晓东　王　晶　高　欢
　　　　　徐　可　李广顺　刘　朔　欧阳丽　李秀芹
　　　　　朱秀梅　王亚翠　赵　蕾　黄秀燕　王　宁
　　　　　邱大曼　李艳玲　孙光继　李海芸

莫泊桑，19世纪后半期法国优秀的批判现实主义作家，一生创作了6部长篇小说和300多篇中短篇小说；他曾被法国著名现实主义作家法朗士誉为"短篇小说之王"；他也曾半开玩笑地说自己"像流星一样进入文坛"。如此闪光耀眼，不仅令法国人惊叹不已，更为全世界所瞩目。他与契诃夫、欧·亨利并称为短篇小说三大师。他的短篇小说布局精巧，善于选用典型的细节和叙事抒情的手法。他那行云流水般的自然文笔，为后世作家提供了榜样。在19世纪群星灿烂的法国文坛，能跻身于巴尔扎克、雨果、司汤达、福楼拜、左拉等大师的行列而不黯然失色，这绝对不是一般的才华所能做到的。这个令读者、批评界以及同时代作家为之倾倒的人物——莫泊桑，令我们不能不怀着浓厚的兴趣去探究他的个人特色及魅力所在。

莫泊桑擅长从富有典型性的生活片段中，鲜明地揭示出它的重要的思想意义，深刻地反映出社会生活的本质。

莫泊桑千余字的短篇小说情节高度集中，人物呼之欲出，同时寄寓着深刻的社会意义，这当中对照艺术的运用也发挥着重要的作用。

在《羊脂球》中，多处对照使鸟先生一干人等虚伪、自私的丑态及羊脂球富于同情心、勇于自我牺牲的高贵品质表现得格外分明。首先是上流社会与下层人民的身份的对照；其次是鸟先生之流上车时对羊脂球的蔑视与饥饿时对羊脂球的亲热态度的对照；再次也是最为重要、意义最为深刻的是，羊脂球为了他们的利益作出牺牲后，他们前后截然相反的态度的对照。通过这些对照，寥寥数语胜过长篇大论，激烈的矛盾冲突，生动的人物形象跃然纸上。

莫泊桑是法国文学史中的语言大师之一。他摒弃华丽的辞藻，使用最规范的语言，追求"一个字用得其所的力量"，他的文学语言清晰、简洁、准确、生动，像一池透明的清水。他的语言不仅简洁、明快，而且可以让读者很快就能牢牢记住被描写人物的音容笑貌、神态语气、性格特征。如《绳子》对农村集市场面的生动描写中有这么一段："乡下人考查那些出卖的母牛，疑惑不定地去了又回来，始终害怕上当，永远不敢下个决心，却反而窥探卖主的眼色，无止境地搜索人的诡诈和牲口的毛病。"对农民的心理和神态表现得多么逼真，使读者如临其境。

在对人物的描绘上，莫泊桑不追求色彩浓重的形象、表情夸张的面目、惊天动地的生平与难以置信的遭遇，而致力于描写"处于常态的感情、灵魂和理智的发展"，表现人物内心的真实与本性的自然。

在表现形式上，莫泊桑是炉火纯青的技艺的掌握者，他不拘成法，不恪守某种既定的规则，而是自由自在地运用各种方式与手法。在描述对象上，有时是一个完整的故事，有时是事件的某个片段，有时是某个图景，有时是一段心理活动与精神状态，既有故事性强的，也有情节淡化的甚至根本没有情节的，既有人物众多的，也有人物单一的，甚至还有根本没有人物的；在描述的时序上，有顺叙，有倒叙，有插叙，有目前与过去两重时间的交叉；在描述的角度上，有客观描述的，也有主观描述的，有时描述者与事件保持了时空的距离，有时描述者则又是事件的参加者，有时描述者有明确的身份，有时则又身份不明。在莫泊桑的短篇里，描述方法的多样化与富于变化，无疑是他以前的短篇小说作家所不具有的，他大大丰富了短篇小说的描述方式，提高了叙述艺术的水平，为后来的短篇小说创作开辟了更为广阔的道路。

恩格斯在《反杜林论》里曾用审判台作过比喻："一切都要站到理性的审判台前来，或者辨明自身存在的理由，或者放弃自己的存在。"这个比喻是针对启蒙运动时伟大思想家对观念变革的态度的。同样，在莫泊桑无情的解剖刀下，《羊脂球》里也有一个庄严的审判台，审判着人物，也审判着读者的灵魂。

接连好几天，溃退下来的队伍零零落落地穿城而过，他们已经不能算作什么军队，简直是一帮一帮散乱的乌合之众。那些人脸上是又脏又长的胡子，身上是又破又烂的制服，他们既没有军旗，也不分什么团队，懒洋洋地往前走着。所有的人都像是十分颓丧，十分疲惫，再也不能想什么念头，再也不能拿什么主意，只是出于习惯不知不觉地往前走着；只要一站住，便会累得倒下来。人们看见的，最多的是被动员令征召入伍的人，都是些爱好和平的人，安静度日的领取年金者，现在被枪支压得直不起腰来；还有的是年轻灵活的国民别动队，他们很容易害怕，也能很快地慷慨激昂，他们随时都准备进攻，也随时准备逃跑；再就是夹在他们中间的几个穿红裤子的正规步兵，一场大战役里被粉碎的一个师团的残余；还有和这些各种步兵排在一起的、穿着深色军服的炮兵；有时也看得见一个戴着亮晶晶钢盔的龙骑兵，他拖着笨重的脚步，很吃力地随着步兵比较轻松的步伐走着。

游击队的队伍也过去了，每一队都各自起了英勇的称号，如"战败复仇队""墓中公民队""誓死如归队"等，他们的神气很像土匪。

他们的那些首领，有的从前是布商或粮商，有的以往是油脂商或肥皂商，现在暂时当了军人；他们之所以被任命为军官，有的是因为金币多，有的是因为胡子长。他们上下穿的都是法兰绒衣服，全身佩挂着武器，镶着金线；说起话来声高震耳，经常讨论作战计划，自以为垂危的法国只是靠了他们这群大言不惭的人的肩膀才得以维持；不过他们有时候也惧怕自己的兵士，因为那原是一些亡命之徒，勇敢起来常常超出常规，但是惯于打家劫舍，荒淫纵欲。

据说普鲁士军队就要开进鲁昂城。

两个月来，本地的国民自卫军一直在附近森林里小心谨慎地侦察敌人，有时开枪打死自己的哨兵；一只小兔子在荆棘丛中动一动，他们便立刻准备作战，现在却都逃回自己的家里。武器、军服以及他们当初在三法里方圆之内拿来吓唬大路上的里程碑的一切杀人凶器突然都不见了。

最后一批法国士兵总算渡过了塞纳河，预备从圣赛威尔和阿沙镇转奥特玛桥去。走在最后的是将军，他已经不抱任何希望。带着这些一盘散沙似的败兵残勇，实在也无能为力；一个惯于打胜仗的民族竟遭遇了这样的大崩溃，英勇昭著的民族竟败得不可收拾，将军身处其中也是张皇失措，他由两个副官左右陪伴徒步走着。

此后，城里便出现一种深沉的平静气氛和一种静悄悄的惊慌不安的等待状态。许多做生意做得毫无男子气概的、大腹便便的小市民，忧心忡忡地在等待着战胜者，他们战战兢兢，唯恐敌人把他们烤肉的铁钎或下厨的菜刀也当作武器来处分。

生活好像是停止了：店铺都关着门，街上鸦雀无声。偶尔有一个居民被这种沉寂吓倒，急急匆匆贴着墙边溜过。

等候期间的这种焦躁不安竟使人们希望敌人早来。

法国军队走后的第二天下午，不知从哪儿钻出来几个骑兵，很快地穿城而过。随后，过了不大工夫，从圣卡特琳的山坡上就下来了黑糊糊一大片人，同时在通往达纳塔尔和布瓦纪尧姆的两条公路上也潮水般涌来了两股侵略军，这三支队伍的先遣队正好同时到达市政府广场会师。于是从附近的各条街巷，德国军队都开了过来，一营跟着一营，沉重的、整齐的步伐踏得街石橐橐地响。

　　沿着那些好像无人居住、死气沉沉的房子，升起一片陌生的、喉音很重的喊口令声；同时在关着的百叶窗后面，有许多只眼睛在那里偷偷地瞧着这些战胜者——他们依据"战时法"，现在是本城的主人，财产和生命的主宰了。本城的住户，都留在他们遮得乌黑的屋子里，非常惊慌，就仿佛碰到了洪水泛滥和毁灭性的大地震；不管你是多么聪明，多么强壮，都毫无用处了。因为，每逢事物的旧秩序横遭摧毁，安全不再存在，人为的法律或自然法则所保护的一切东西都听凭一种凶残的无意识的暴力来摆布的时候，人们就不免要有这种同样的感觉。地震把整整一个民族压死在倒塌的房屋下；江河泛滥之后，淹死的乡民、牛尸和房上倒下来的梁柱就一起顺流而下；打胜仗的军队一到，便要屠杀自卫的人，带走被俘虏的人，以腰刀的名义大肆抢劫，以大炮的声音来向某一个神祇表示谢意。所有这一切都是极可怕的大灾害，使我们无法再相信上帝的公道正义，也不能如人们教导我们那样，再信赖上天的保佑和人类的理性。

　　各家门口都有零星队伍去敲门，跟着就钻进去住了下来。这就是侵略之后的占领行为。战败者的义务从此开始，此后对战胜者必须和蔼驯顺。

　　过了一些时候，第一阵恐怖过去之后，又出现了一种新的平静气氛。在好多的家庭里，普鲁士军官都和这家人在一桌上吃饭。有的军官也颇有教养，为了礼貌，常常对法国表示同情；并且说，尽管参加了这场战争，对战争却十分厌恶。人们当然很感激他有这种情感，何况不知哪一天也许还要依靠他的保护呢。把他敷衍好了，也许可以少负担几个兵士的供养。既然一切都要听凭这个人的摆布，又何必得罪他呢？真要那样办的话，也无非表示大胆冒险，而不能算是勇敢。这时的鲁昂市民们已没有那种大胆冒险的毛病，不是当年使本城身价百倍的英勇保卫城池的时代了。最后他们又从法国人自己处世的礼法中得出了一条至高无上的理由，只要不在公共场所跟外国兵表示亲近，在自己家里客客气气原是允许的。于是到了外面，彼此都变成不相识，可是到了家里，却很高兴谈谈说说，而住在家里的德国军官呢，每晚待在壁炉旁边跟大家一起烤火取暖的时间也就更长了。

就是城市本身也渐渐恢复了平常的面貌。法国人还不大出门，可是普鲁士兵士却已挤满了街道。此外，穿蓝军服的德国骑兵军官虽然盛气凌人地挎着他们的军刀在街上摆来摆去，可是对普通市民的那种蔑视神情，也并不比去年在这些咖啡馆喝酒的那些法国步兵军官格外厉害。

不过在空气中却添了一种东西，一点儿难于捉摸的、陌生的东西，一种令人不能忍受的外来的气氛；仿佛有一种气味散布开来了，那就是侵略的气味。这种气味充塞了各住户和各广场，改变了饮食的滋味，使人有在遥远的、野蛮可怕的部落里做客的感觉。

战胜者老是要钱，并且要得很多。居民们总是如数照付。他们原也很有钱。不过一个诺曼底省的大商人，钱越挣得多，当他忍受牺牲，看见自己的财产一点儿一点儿地转移到别人手里时，他的苦痛也越大。

可是在城外，顺着河流往下两三法里，到了克鲁瓦塞、第厄普达尔或比普沙尔附近，船夫和渔人便常常从水底捞上德国人的尸体来。这些尸体都穿着军服，被水泡得肿胀，有被一刀砍死的，有被一脚踢死的，也有头被石头砸开的，也有从桥上被人一下子推下水的。这条河底的污泥里，埋葬着不少这样暗暗的、野蛮的、合法的复仇行为，那是不为人知的一些英勇举动，一种无声的袭击，这远比白天打仗要危险，但享不到光荣的盛名。

要知道，对外国人的仇恨永远鼓励着几个不怕死的人，他们是随时可以为理想牺牲生命的。

后来，因为侵略者虽然做到全城都已屈从在他们极严格的纪律之下，但是大家传说的那些他们在乘胜挺进途中所干的凶恶勾当，他们在这里却一样都未干过；于是大家的胆子就壮起来，做买卖的需要在本地大商人的心中又活动起来。那时法国军队还据守着勒阿弗尔港，本地有几个大商人在那里是有大笔投资的，他们很想从陆地先到第厄普，然后再乘船到那个港口。

他们利用了几个相熟的德国军官的势力，居然从总司令那里弄来了一张准许离境的证书。

　　有十个人在车行里订了座位，订好了一辆四匹马拉的公共马车送他们走这一趟。他们决定在一个星期二的清晨，天不亮就动身，以免招惹许多人赶来看热闹。

　　几天来，地面已经冻得很硬。到了星期一那天，下午三点钟光景，从北方吹过来大片大片的乌云，雪纷纷降下来，不停地下了一个下午和一整夜。

　　清晨四点半，旅客们已聚齐在诺曼底旅店的院子里，他们要在那里上车。

　　他们都还睡眼惺忪，虽然披着毯子，还是冻得直哆嗦。在黑暗之中，彼此也看不大清楚；这些人身上都穿着层层叠叠的厚冬衣，望过去好像是一群穿着长袍的肥胖神父。不过有两个男人终于互相认出来了，紧跟着第三个人走了过来，他们聊起天来。一个说："我把我的妻子也带了去。"另一个说："我也一样。"还有一个说："我也如此。"第一个又说："我们不再回鲁昂来了，如果普鲁士军队到勒阿弗尔，那我们就到英国去。"他们都有这种计划，因为他们气质原是相同的。

　　不过始终还没有人来套车。一个马夫提了一盏小灯不时地从暗洞洞的一个小门里走出来，又立刻钻进了另一个门。可以听见马蹄踢地的声音，声音不大，因为地下垫了厩草，从马房的尽里头传来一个男子骂骂咧咧跟马说话的声音。一阵轻微的铜铃声说明有人在套马具，轻微的铃声不久变成了一种清脆的、不断的铜铃颤动声，这个声响是随着马的动作而变化的，时而声息全无，时而突然一动又响起来，同时发出一只钉了马掌的马蹄踏在地上的沉闷声音。

　　门又突然关上。什么声音也听不见了。这些冻僵了的绅士们早已不说话，他们一动不动僵直地站在那里。

　　鹅毛大雪组成一幅绵延不断的大帷幕从天上放下来，一面放，一面闪闪发光，万物的形象都看不清楚了，一切事物都蒙上了一层薄冰。在这座严冬笼罩着的安静的城市的沉寂中，只听见雪片下降时那种模糊的、无以名之的、捉摸不住的窸窣之声，但这种窸窣之声又不能真正算作一种声响，只好说是我们感觉到有这种声响，因为那不过是一些轻飘飘的微屑掺混在一起，充塞了空间，盖满了世界。

刚才那个人又提着灯出现了，他拉着一匹垂头丧气丝毫不想出来的马。他把马拉到车辕旁边，系上了缰绳，在马的前后左右转了半天，才把马具收拾妥当，因为他只能用一只手干活，另一只手拿着灯。当他正预备走去拉第二匹马的时候，他看见了这几位一动不动的旅客，他们已经满身是雪，成了白人了，他对他们说："你们为什么不上车去待着，至少雪不会下在你们身上了。"

毫无疑问他们原先没想到上车子，一听这话于是急忙忙都奔了过去。那三个男子先把各人的太太安置在车厢尽里头，然后自己才上去；随后另外几个模模糊糊、看不清楚的人影也爬了上去，坐在剩下的空位子上，彼此谁也没跟谁说一句话。

车厢的底板上铺着稻草，各人的脚都埋在草里。坐在车厢尽里头的那几位太太，都随手带着烧化学炭的小铜脚炉。她们立刻都把炭点燃起来，并且低声地列举这种脚炉的优点，说了好大半天，其实彼此告诉的事情，谁都早已知道。

最后公共马车总算套好了，本应套四匹马，现在却套了六匹，因为车重路滑不容易拉。这时车外有人问道："大家都上车了吗？"车厢里有个人回答："都上来了。"于是车出发了。

车子走得很慢，很慢，一小步一小步地走着。车轮陷在雪里，整个车身发着低沉的咯吱咯吱响声呻吟着，那六匹马一步一滑，呼呼喘着，全身冒着热气。车夫的那条大鞭四面八方地飞舞，不停地吧吧响着，一会儿卷起来，一会儿伸展开，活像一条细蛇，有时鞭子突然抽到一个滚圆的马屁股上，那匹马就猛地一用力，把屁股高高地一耸。

谁也没有觉察，天已经渐渐亮起来。轻飘飘的鹅毛雪片，也就是车里一位地道的鲁昂土著旅客把它比作天上降下的棉花的雪，也不下了。野地里忽而出现一行蒙着白霜的大树，忽而出现一所顶着雪的茅屋；天上覆着大块的黑而浓的云使得大地更显得白茫茫地耀眼，这时候从云间透出了一片模糊的光亮。

在车厢里，借着这种黎明时的凄凉的光亮，人们互相好奇地打量着。

车厢尽里头最好的位子上，坐的是住在大桥街的葡萄酒批发商人鸟先生夫妇，他们正面对面地坐着打瞌睡。鸟先生从前给人当伙计，老板买卖破产以后，他就把铺底顶了过来，发了财。他做的买卖是以很低的价格把很坏的葡萄酒批发给乡间的小贩，因此认识他的人以及他的朋友都认为他是个花招最多的奸商，是个诡计多端、爱说爱笑的真正诺曼底人。

他这种奸商的名声已是十分昭著，因此本地的名人杜尔奈先生，一位文笔尖刻而细致、专编寓言和歌谣的名家，一天晚上在省政府的晚会上，看见太太们都有睡意，便向她们提议玩鸟飞的游戏，马上这个双关语就飞遍了省长的各个客厅，后来又飞向全城的各个客厅，有一个月之久使得全省的人都咧着嘴笑个不住。

鸟先生出名还有另外一个缘故，那就是他善于恶作剧，爱开玩笑，不管是恶毒的或是无伤大雅的玩笑，在他都无所谓，所以任何人一谈到他，就立刻要加上这样一句话："这个鸟，真是有钱也买不到的宝贝。"

他的身量很矮小，挺着一个大皮球似的肚子，肩上是一张通红的脸，蓄着灰白色的颊须。

他的妻子是一个高大、强壮、意志坚强的妇人，说话总提高了嗓门，主意来得特别快，她在铺子里是秩序和算术的化身，多亏有她欢天喜地跳跳钻钻，店里才显得有生气。

在这对夫妇旁边的是属于更高一个阶层，道貌岸然的卡雷—拉玛东先生。他是一个非常了不起的人物，在棉纺业里有很高的地位，开着三座纺织厂，得过四级荣誉勋章，是省议会的议员。在整个帝国时期，他一直是友好的反对派的首领，他所以当这反对派的首领，唯一的目的是他先攻击对方，照他自己的说法是，用钝头武器先攻击对方，然后再附和对方，可以得到更高的报酬。卡雷—拉玛东太太比丈夫年轻得多，那些派到鲁昂来驻扎的好人家出身的军官们常常在她身上找到安慰。

她此刻面对着丈夫坐着，蜷缩在皮大衣里，又小巧，又娇憨，又漂亮，睁着一双沮丧的眼睛看着车厢的令人愁惨的内部。

坐在她旁边的是于贝尔·德·布雷维尔伯爵和夫人。他们的姓氏是诺曼底省最古老、最高贵的姓氏。伯爵本人是一位气派很大的老绅士，他用尽心机在服装上修饰摆布，好突出他和国王亨利四世天生的相似之处。按照一种对他的家族大有光荣的传说，亨利四世曾使布雷维尔家族中一个女子怀了身孕，这女子的丈夫因此晋封伯爵并荣任了省长。

于贝尔伯爵也在省议会，和卡雷一拉玛东先生是同僚。他在省里代表着奥尔良派。他怎样会和南特城一个小船主的女儿结婚，这一直是个谜。不过伯爵夫人气质很雍容，待人接物比谁都能干，并且社会上还认为她曾被路易·菲力普的某一王子爱过，整个贵族阶级都殷勤招待她，她的客厅在本地首屈一指，只有她的客厅里还保持着旧日的风流情调，因此很不容易踏进去做座上客。

德·布雷维尔家里的产业全是不动产，据说每年的收入达到五十万法郎。

上述的六个人算是车上的基本队伍，是社会上每年有靠得住的收入、生活安定、势力雄厚一方面的人，同时也是信奉宗教、服膺原则、有权威的上等人。

凑巧得出奇的是三位太太同坐在一条长凳上。伯爵夫人旁边却还坐着两位修女，她们手掐着长串念珠，口里嘟哝着圣父经和圣母经。其中的一个年纪已老，满脸都是麻子，仿佛就近中了几发霰弹似的。另一个身子很瘦小，一张好看而带病容的脸长在一个痨病胸部的上面，这个胸部正被一股使人甘心殉教、超凡入圣的贪婪的信心蚕食着。

在这两位修女的对面，坐着一男一女，大家的眼光都注意着他们。

男的，大家都认识，是别号"民主党"的高尼岱，他是一切有身份的人最怕碰见的人。二十年来，他那一副黄褐色大胡子在一切有民主风味的咖啡馆的啤酒杯里拂过来拂过去。他的父亲当年是个糖果商，给他留下一份相当像样的产业，他和弟兄朋友们把它吃了个精光，迫不及待地等候共和国降生，以便获得他为革命喝了这么多杯啤酒之后所应得的地位。在九月四日那天，也许是有人跟他开玩笑，他以为自己已被任命为本省的省长；可是等他上任就职时，办公室的侍役们，那时是办公室的唯一主人，却拒绝承认他这项资格，他只好悄悄退了出来。好在他本是个好好先生，平常与人无争，最喜帮助别人，因此他又鼓起无比的热忱，从事本地的军事防卫工作。他叫人在平原上挖了许多坑，把附近树林中的小树一齐砍倒，在公路上密密层层埋伏下许多陷阱，他很满意自己这些准备工作，所以等敌人快开到的时候，他就很快地回到城里。现在他以为到勒阿弗尔去更可以为国效劳，在那个地方新的防御工事会成为迫切需要的东西。

那个女的是一个妓女。因为身体过早发胖而出了名，外号叫"羊脂球"。她身量矮小，浑身到处都是圆圆的，肥得要滴出油来，十个手指头也都是肉鼓鼓的，只有骨节周围才凹进去好像箍着一个圈圈，颇像是几串短短的香肠；她的肉皮绷得紧紧的发着光，极丰满的胸脯隔着衣服向前高耸着；不过尽管如此，大家对她却都垂涎三尺，趋之若鹜，因为她那种鲜艳的气色实在叫人看了喜欢。她的脸庞好像一个红苹果，又像一朵含苞待放的芍药；在这张脸蛋儿的上部睁着两只非常美的大黑眼睛，四周遮着一圈长而浓的睫毛，睫毛的阴影一直映在眼睛里；下部是一张窄窄的妩媚的嘴，嘴唇是那么湿润，正好亲吻，嘴里是两排细小光亮的牙齿。

据说，她还具有许多无法估计的本领。

当大家一认出她是什么人之后，在那几位正经妇人之间便起了一阵耳语，什么"婊子"啦，"社会耻辱"啦等，尽管是低声说的，却是那么响，她不禁抬起头来。她来回看了同车人一遍，眼光含着那么多的挑战意味，并且是毫无畏惧之意，立刻大家都不再声响，低下了头，只有鸟先生还偷偷看着她，神气颇为轻佻。

可是过了不大一会儿，那三位太太之间谈话又开始了，由于车里有了这个妓女，她们突然间彼此成了朋友，几乎是知己之交了。在她们看来，好像在这个无耻的卖淫女人面前，她们必须把她们为人妻的尊严拧成一股劲，因为合法的爱情总是看不起不合法的自由爱情的。

那三个男的，也因为有高尼岱在面前，一种保守派的本能使他们彼此更为靠拢，他们现在正用一种看不起穷人的口气谈论着金钱。于贝尔伯爵谈的是普鲁士军队给他带来的损害以及将来牲畜被抢走，庄稼收不了等可能造成的损失，说话的时候显出千百万家财的封建地主满不在乎的神情，好像这种损害也不过给他带来一年半载的不方便罢了。卡雷—拉玛东先生在棉纺业方面受到过很大的损失，因此曾经留了一份心往英国汇了六十万法郎以备不时之需。至于鸟先生呢，他已安排妥当，把酒窖里剩下的普通酒一股脑儿卖给了法国后勤部，这样一来政府欠下了他一笔惊人的巨款，他现在准备到勒阿弗尔去领取。

这三位都用颇有友情的眼光一瞥一瞥地互相看着。他们虽然彼此社会地位不同，可是借了金钱的牵引，他们感到彼此都是弟兄，都是由双手插进裤袋弄得金币叮当响的阔佬们组成的那个大行会的一分子。

车子走得是那样慢，到了上午十点，他们还没走出四法里。男子们曾经三次下车，步行爬上坡的路。大家有点着急，因为原定在多特吃中饭，现在看来天黑以前到达那里都没有希望了。每个人都在注意，顶好在大路边上发现一个小酒馆，这时候驿车却陷进一个大雪堆里，费了两个钟头的时间才把它拖出来。

食欲在增长，弄得大家心慌意乱；可是看不见一个小饭馆，看不见一个卖酒的小店，因为普鲁士军队越来越近，饿着肚子的法国队伍不断经过，所有的买卖都吓得停止了。

车里的先生们都跑到路旁那些农庄里去找吃的东西，可是他们连面包都找不到，因为多疑多惧的农民生怕挨抢，早把存储的物品隐藏起来，那些没有吃的兵士们是发现什么都要硬拿走的。

下午一点钟左右，鸟先生公开表示，他确确实实感觉到胃里空得发慌。其实大家也都跟他一样早就难受得要命，想吃东西的强烈需要一直在增长，连谈话的劲头也没有了。

时常有人打哈欠，一个人打完，马上就有另一个人跟着打，并且人人轮流着都打起来，按照各人的性情、礼貌和社会地位，各有各的打法：有的张着嘴大声打，有的很谦虚地赶紧拿手挡住往外冒热气、张大了的嘴打。

　　羊脂球好几次弯下腰去，仿佛在裙子底下找什么似的。每次她都踌躇一下，看一看旁边那些人，然后又若无其事地直起腰来。那些人的脸都是苍白的，皱紧的。鸟先生表示他肯出一千法郎买一只肘子。他的妻子动了一下，好像表示反对，可是马上就安静下去。她一听见说浪费金钱，心里总要难受，甚至于对这方面开玩笑的话，也会信以为真。伯爵说："说实话，我也觉得很不舒服，我怎么会没想到带点吃的来呢？"于是每个人都这样埋怨自己为什么没带吃的东西。

　　不过高尼岱带着满满一壶朗姆酒，他请大家喝一点儿，大家都冷冰冰拒绝了。只有鸟先生接受这番好意喝了一点点，他退还酒壶的时候还道谢说："倒是不错，也暖和了，也忘了饿了。"酒一下肚，他高兴了，他提议跟歌谣里唱的小船上一样，吃那个最肥胖的旅客。这是暗射羊脂球，那几位有教养的人听了是刺耳的。谁也不回答他，只有高尼岱微微地笑了一笑。那两位修女已停止念经，双手抄在肥袖管里，她们动也不动，下死劲地低头看着地，不用说是在默默忍受上天降给她们的苦痛，作为对上天的献礼。

　　三点钟，他们来到了一片四望无边的平原，眼前连一个小村落都没有了。羊脂球终于一弯腰从长凳底下抽出了一个上面蒙着一块白色饭巾的大篮子。

　　从篮里，她先拿出一只陶瓷碟子，一只小银杯，然后是一只大罐子，里面装着两只切碎的小鸡，上面盖着凝结的冻儿。大家看见篮里还有不少别的好东西，什么肉酱啊、水果啊、糖果啊等，总之是为三天旅程预备下的食品，三天之内可以不沾旅馆厨房做出来的任何东西。在那些食品包儿的中间还露着四个酒瓶的瓶颈。她拿起了一个鸡翅膀，仔细地吃着，一面就着一块小面包，就是在诺曼底省叫作"摄政时代"的那种小面包。

　　所有的眼睛都向她盯着。随后，香味一散开，大家的鼻翼就都张开，口里涌起了大量的口涎，耳朵下面那块颚骨也绷得直发痛。那几位太太对这个妓女的轻蔑现在更厉害了，她们恨不得把她杀死或把她扔下车去，抛到雪地里，连她的酒杯、篮子以及那些食品一齐丢下去。

不过鸟先生的眼睛盯着那罐鸡不放。他说："真是妙不可言。这位太太比我们想得周到。有的人总是样样都想到。"她于是抬起头望着他说："您吃一点儿吗，先生？从早上一直饿到现在可真不好受啊。"他点头打了招呼就说："老实说，我还真不能拒绝，我实在支持不住了。到哪一步就得说哪一步，您说是不是，太太？"然后朝四周瞟一眼，他又接着说道："遇到像现在这种时候，能够碰见好心肠帮忙的人，可真叫人痛快呀！"他身边有一张报纸，他把它摊开，免得弄脏裤子，随后从袋里掏出他永远掖着的一把小刀，用刀尖挑起一个满裹着冻儿的鸡腿，拿牙把它撕碎，细嚼起来，嚼得那么津津有味，在车里引起了一片失望的长叹声。

可是羊脂球这时又用谦逊而温和的声音邀请那两位善良的修女也参加她这顿便餐。这两位马上就答应，眼皮也不抬，嘟囔了几句道谢的话之后，很快就吃起来。高尼岱也没有拒绝羊脂球的邀请，连修女一起，各人把报纸摊在膝上，就拼成了一张饭桌。

几张嘴不停地张开了闭拢，闭拢了张开，咽啊、嚼啊、吞啊，非常凶猛。鸟先生在自己的角落里吃得十分起劲，并且低声劝他的妻子也这样做。她拒绝了好半天，后来五脏六腑都一齐抽筋似的痛起来，她也不坚持了。她的丈夫于是使用极委婉的词句请问他们的"可爱的旅伴"是否允许他拿一小块鸡给鸟太太吃。羊脂球说："可以，当然可以，先生。"她一面极和蔼地微笑着把罐子递了过来。

第一瓶红葡萄酒打开以后，出现了一个难题，因为只有一只酒杯。大家只好把杯子揩抹一下互相传递着喝。只有高尼岱一个人不揩抹酒杯，却故意找羊脂球唇迹未干的地方喝，毫无疑义他是有意向她献媚。

德·布雷维尔伯爵夫妇和卡雷—拉玛东夫妇周围的人都在吃东西，食物的香味把他们逼得喘不出气，他们受到的那种可怕的苦难是有名堂的，叫作"坦塔罗斯的苦难"。忽然，那个棉纺厂厂主的年轻太太叹了一口长气，大家都不禁转过脸来：她的脸色跟车外的雪一般白，她眼皮一合，头一低，晕过去了。她的丈夫吓得不知怎样好，要求大家帮忙。人人束手无策，这时候那个年老的修女却扶起了病人的头，把羊脂球的酒杯轻轻放在她的唇边，喂了她几滴葡萄酒。那位美丽的太太这才微微一动，睁开了眼，面上显出了一丝微笑，有气无力地说她现在觉得很舒服了。不过，为避免再犯病，那位修女逼着她又满满地喝了一杯，并且说："是因为饿极了，没有别的缘故。"

这时，羊脂球脸涨得通红，显出很为难的样子，眼睛看着那四位饿着肚子的旅客，吞吞吐吐地说道："天啊，我要是不怕冒昧的话，真想请这两位先生和两位太太也……"她不再往下说，怕惹出一场无趣，白受侮辱。鸟先生说话了："唉！在这种时候，四海之内皆兄弟，都应该互相帮助。来吧，太太们，别客气，凭什么还要拒绝！我们能否找到一个住处过夜，都还不知道呢。像这样的走法，明天正午以前绝到不了多特。"他们还在犹疑不决，谁也不敢负责任说一声"好吧"。

后来还是伯爵解决了问题。他转过脸来对着那个不知所措的肥胖姑娘，摆出了一副老绅士高不可攀的架子说道："好，我们依实领情了，夫人。"

迈第一步是很困难的。第一道关口一过，大家就毫不客气了。一篮子东西吃了个精光。这篮子里原来还装着鹅肝酱、肥云雀酱、熏牛舌、克拉桑的梨、主教桥镇出产的甜面包、细巧甜点心、满满一杯子醋泡的黄瓜和洋葱，羊脂球跟别的妇人一样最爱吃生的蔬菜。

既吃了这个姑娘的东西，就不能不和她说话。于是就聊起天来，一开始大家都很矜持，可是她说话很知道分寸，大家也就不再拘束。德·布雷维尔太太和卡雷一拉玛东太太都是熟悉交际礼貌的人，知道怎样对她表示和气而又不失身份。特别是伯爵夫人，她显出最高贵的夫人不怕接触任何污秽的那种屈尊俯就的和蔼态度来，她对羊脂球显得格外和气。但是肥胖的鸟太太，她具有一种宪兵精神，仍旧是那么不可侵犯的样子，她说得少，吃得多。

他们谈起了战争，这是很自然的事。他们讲了许多普鲁士兵士的残暴行为和法国人的英雄事迹，这些人自己是在逃跑，却衷心钦佩着别人的勇敢。很快地各人讲到各人的经历，羊脂球把她怎样离开鲁昂的情形讲给他们听，她的愤慨是真实的，言辞也非常激烈，妓女们发泄真实的愤怒时往往是这样激烈的。她说："我先以为我可以留下不走。我家里存着很多食品，供给几个兵士吃喝总比离乡背井乱跑乱奔好些。可是等到我真见着了他们，这些普鲁士兵，我可就控制不住自己了。他们把我的肚子都快气破了，我羞惭得哭了一整天。如果我是个男子，那当然就好办了！我从我的窗口望着他们，这些戴着尖顶钢盔的大肥猪，我真想把我屋里的家具丢下去砸他们，但我的女仆紧紧握着我的手，不让我动手。后来他们要住到我的家里来了。第一个走进我家大门的人就被我扑上去掐住了脖子。掐死他们这些人并不比掐死别人更费事。要不是他们拉住我的头发，这个家伙一定是叫我给结果了。这样一来我只好藏起来，一找到机会，就离开，到了这辆车里。"

大家很夸奖了她一番。她的这些旅伴并没有表现得像她这么果敢大胆，在他们的眼里，她变得高大起来了。高尼岱一直是带着微笑听她讲，他的微笑是使徒脸上常有的那种表示赞许的、善意的微笑，一位神父听见了一个虔诚的教徒颂扬上帝，其表情也不过如此，因为爱国是这些留着长胡子的民主党人独家经营的专卖品，正如宗教是那些穿长袍的教士们的专卖品一样。最后他说了话，口吻是说教者的口吻，并且用了一大堆从每天张贴在墙壁上的宣言中学来的慷慨激昂的词句；最后他真的搬出了一段演说词，狠狠地把那个"无赖巴丹盖"痛骂了一顿。

可是羊脂球立刻勃然大怒，因为她是崇拜拿破仑皇帝的，她面色变得比野樱桃还红，气得说话也结巴了，她说："你们这些人，你们不妨坐到他的位子上去试试看。那可就不知成什么样子了！这个人，他是被你们给出卖了！要是你们这些光棍上台治理法国，我只好远离法国了。"高尼岱很镇静，面上还保留着一丝轻蔑的、自以为高人一等的微笑；但是大家却感到快要听见骂人的粗话了，这时伯爵挺身而出，用权威者的口气宣称一切真诚的意见都应该受到尊重，才好不容易把这个义愤填膺的姑娘的气平了下去。可是伯爵夫人和那位棉纺厂厂主的太太在心灵里原抱着一切有身份人对共和国所抱的莫名其妙的憎恨，并且对一切讲究排场的专制政府天生就有爱慕之情，因此不由自主地觉得这个妓女颇有可爱之处：她是那么庄严自重，令人钦敬，她的情感和她们的情感又是那么彼此相像。

那一篮子东西是吃光了。十个人吃这一篮子东西毫不费力就把它打扫干净，大家视为遗憾的是篮子只有这么大而不更大一点儿。自从把东西吃完以后，谈话稍稍冷淡了一些，但还继续了一些时候。

夜来了，天色一点儿一点儿黑下来，一个人正在消化食物的时候，对寒气的感觉来得格外锐敏，羊脂球尽管身体肥胖也不免一阵一阵打寒战。德·布雷维尔太太愿意把脚炉借她烤一下，脚炉里的炭从早上起已经换过多少次，羊脂球立刻就接了过来，因为她觉得她的脚已冻得冰冷。卡雷一拉玛东太太和鸟太太也把各人的脚炉递给那两位修女。

车夫已经点上车灯。强烈的灯光照出辕马汗出如渗的屁股上的一片热气，同时也照出大路两旁的雪，在灯光闪耀之下滚滚向后飞驰。

在车厢里是什么也看不清楚，不过在羊脂球和高尼岱之间突然有一种动作，鸟先生的两眼在黑暗里搜索，他好像看见那位长着大胡子的人急忙向旁边一闪，似乎挨了不声不响打过来的很结实的一拳。

在大路前方出现星星点点的小火光，多特到了。整整走了十二小时，加上四次停下来让马吃燕麦和喘口气的两小时休息时间，一共是十四小时。车开进了镇市，在商务旅馆前停了下来。

车门开了。一种很耳熟的声音使所有的旅客都不由得一惊，他们听见的是腰刀皮鞘触到地面的声音，紧跟着是一个德国人在高声喊叫。

车虽然已经停住不动，可是没有一个人下车，好像预料到一走出去就会被屠杀似的。这时车夫出现了，手里提了一盏车灯，灯光一直射到车厢尽头，照出了那两行恐慌万状的脸，都张着嘴，睁着又惊又怕的眼睛。在车夫身旁，灯光里站着一位德国军官，他是一个大高个子的青年，身材过分瘦长，头发金黄，上身紧紧裹在军服里，好像女子裹在紧身胸衣里一样。他歪戴着漆布的平顶遮檐军帽，这就使他颇有点像英国旅馆里的侍役，嘴上两撇长得出奇的胡子，一根根胡子毛又长又直地向两旁伸展，越来越稀，稀到尖上只剩了一根金黄色的细丝，长到简直令人无法看出它到哪儿为止。这两撇胡子好像很有分量，垂在嘴角，把脸蛋坠得往下耷拉着，嘴唇便成了两头向下的一道弧线。

他用阿尔萨斯人说的法国话请旅客下车，口气很不客气："先生们和代代（太太）们，里（你）们还扑（不）下来吗？"

两位修女首先服从命令，她们是惯于依从一切命令的圣洁女子，所以非常驯顺。伯爵和伯爵夫人也走了出来，后面跟着的是棉纺厂厂主和他的妻子，再便是鸟先生和被他从后面推着的他的大个子老婆。他脚一挨地就对那军官来了一个："你好！先生！"与其说是表示礼貌，毋宁说是出于谨慎。有权有势的人总是傲慢无礼的，对方也不例外，看了他一眼并不答理。

高尼岱和羊脂球虽然坐在车门口却最末下来，在敌人面前，他们显示出严肃高傲的气概。那位胖姑娘竭力控制着自己，使自己保持冷静；那位民主党人不住地用手揉搓着自己黄褐色的长胡子，手有点哆嗦，颇有点悲剧的意味。他们两人的意图是要保持自己的尊严，他们知道在这种场合下，每个人多多少少代表着自己的祖国，看见旅伴们的那种恭顺态度，他们心里起着同样的反感：她呢，竭力要比那些同行的正经妇人显得更有自尊心；他呢，感到自己应该树立榜样，于是在整个态度中都显出他仍在继续当初大路上挖洞刨沟时所开始的抗敌任务。

他们走进了旅馆的宽阔的厨房，遵照那个德国军官的吩咐呈验了总司令签发的离境准许证：每人的姓名、相貌、职业，证件上都注得明明白白。那个德国人于是一面看证件，一面看本人，把这批人端详了好大半天。然后他突然说道："号（好）了。"说完他就走了。

大家这才透了一口气。因为肚子还感到饿，赶紧叫旅馆准备晚餐。准备晚餐，半小时是不能少的，于是，两个女侍在那里忙碌的时候，他们就去参观一下各人的住室。他们的住室都集中在一条长廊里，廊子的尽头有一扇玻璃门，门上写着"一百号"。

最后到了要坐下吃饭的时候，旅馆的老板出现了。他从前是马贩子，后来改了业。他是个有哮喘病的胖子，喉咙里不停地发出嘶嘶声、呼噜呼噜声和痰声。他的姓是弗朗维。他问道：

"谁是伊丽莎白·鲁塞小姐？"

羊脂球不由得一惊，转身答道：

"我就是。"

"小姐，普鲁士军官要马上跟您谈话。"

"跟我？"

"是的，如果您就是伊丽莎白·鲁塞小姐。"

她先是一阵为难，但考虑了一秒钟，就断然地回答：

"也许是找我，但是我不去。"

在她四周起了一阵骚动，大家议论纷纷，研究发这个命令的理由是什么。伯爵走了过来：

"您这样做是不妥当的，夫人。因为您这样一拒绝，可能引起很大的麻烦，不仅对您本人不利，也对您所有的旅伴们不利。遇到最强大的人是永远不应反抗的。他这种举动不会包含什么危险，一定是有什么手续忘记办了。"

大家也都附和着帮伯爵说话，又央求，又催逼，又讲大道理；因为大家都害怕她这种轻举妄动会引起麻烦。后来终于把她说服了。她说了这样一句话：

"好，我去，这可是为了你们大家我才去的。"

伯爵夫人赶紧握住她的手：

"所以我们都很感激您呀。"

她出去了。大家先不吃饭等着她。每人心里都有点懊丧，懊丧的是为什么偏偏请这位脾气暴、性子躁的姑娘上去而不请自己，都默默在准备一些老生常谈，以便轮着自己被请时好说。

可是过了十分钟，她回来了，喘着气，脸涨得通红，好像要窒息过去，怒气填胸，嘴里不停地嘟哝："噢，这个浑蛋！这个浑蛋！"

大家都急于要知道底细，可是她什么也不说。伯爵再三追问，她于是无比严肃地回答："不，这和你们不相干，我不能说。"

大家围了一个大汤盆落了座，盆里冒着白菜香味。虽然经过了那场惊慌，这顿饭还是吃得很高兴。苹果酒很好，鸟先生夫妇和两位修女为了省钱都喝苹果酒，其他各位都要了葡萄酒。高尼岱要了啤酒；他喝啤酒，有他自己的一套特别方法，怎样开瓶子，怎样让酒起泡沫，怎样把杯子歪举着仔细端详，都和别人不同，最后他把杯子高举到灯和自己的中间，好好鉴赏一番酒的颜色以后，这才喝下去。喝的时候，他那副跟他所喜爱的饮料颜色相仿的大胡子仿佛也会感动得颤动起来，他的一双眼睛斜盯着啤酒杯一刻也不肯放松，他生在世上唯一的职责好像就在此，而他现在就在履行这个职责。简直可以说，他在脑海里使浅色啤酒和革命这两种伟大的爱好互相接近，甚至合成一个，因此他细尝这一个滋味的时候就不能不想到那一个。

弗朗维先生和他的妻子在桌子的一头用饭。男的像一个破火车头那样呼哧呼哧喘着，胸膛里抽进抽出这么多的气，是无法边吃边说话的；可是女的，话却没个停止的时候。先讲普鲁士人一到本地时，她对他们所产生的感想，随后讲他们都干了些什么，说了些什么。她所以恨他们，首先是因为他们害她花了不少钱，其次是因为她有两个孩子在军队里打仗。她特别爱跟伯爵夫人谈天，跟一位有身份的贵妇人说话，她感到荣幸。

后来她把嗓子放低，谈起一些不能随便说的事，她的丈夫不时地阻拦她："弗朗维太太，你最好还是少开口。"不过她一点儿也不理会，仍旧说下去：

"是的，太太，这些家伙，他们不吃别的东西，除了土豆和猪肉，还是猪肉和土豆。可别以为他们多么洁净。他们才不洁净呢。恕我冒昧，他们到处拉屎撒尿。幸亏您没看见过他们下操，一操就是整整几小时甚至几天，全都待在大空地里：老是向前走，向后走，向这边转，向那边转。这些人如果去种地，或者回到家乡去修路，那至少总还算不错呀！可是不，太太，这些军人，谁也得不到他们的好处！可怜的老百姓养着他们，就为了叫他们可以什么也不学，光学会大批杀人！不错，我不过是个没受过教育的老婆子，可是看见他们从早到晚老是踏来踏去，一个个都踏得个精疲力竭，我心里可就不免这样想了：有些人发明这么多的东西，为的是于人有益，可是另一批人呢，吃尽辛苦却只是为了损害旁人，这难道是应该的吗？杀人总是丑恶可憎的事，不管杀的是普鲁士人，或是英国人，或是波兰人，或是法国人。人损害了你，你就报复，这当然是不对的，所以你要受刑事处分；可是拿着枪大批屠杀我们的小伙子，跟杀飞禽走兽似的那么杀，那就对了吗？如果说不对，那么为什么还要把勋章奖给杀人最多的人呢？这是怎么回事，我简直弄不明白。"

高尼岱提高了嗓子说话了：

"如果是攻击一个与世无争的邻国，那么战争是野蛮行为；如果是保卫自己的祖国，那就是一种神圣的职责。"

那个老婆子低下了头，然后说：

"是的，要是为了自卫，那是另一回事。不过那些专为寻欢作乐而打仗的帝王，是不是应该把他们都杀个干净呢？"

高尼岱的眼里闪出了火光，他说：

"说得真好，女公民！"

卡雷一拉玛东先生不免沉思起来。虽然他一向狂热地崇拜那些名将，但这个乡下女人的常识却使他想到这样一件事，就是这么多的人手，废而不用，任他们坐耗国帑，这么大的力量被弃置在不生产之地，如果一旦把它们用到几百年才能完成的大工业上去，给国家该带来多大的财富。

这时鸟先生已离了座，走去低声和旅店老板谈话。那个胖子又笑，又咳嗽，又吐痰；听了对方打诨逗趣的话，他的大肚子快活得一起一伏不住地跳动，他向鸟先生订购了六大桶红葡萄酒，等春天普鲁士人走了再交货。

晚饭刚一吃完，大家因为已经累得腰酸背痛，就立刻都去就寝。

可是有些事，鸟先生却已看在眼里，他把太太服侍上床以后，便一忽儿把耳朵贴在锁孔上听，一忽儿又用眼贴着锁孔望，想发现他所谓的"走廊上的秘密"。

差不多一个钟头之后，他听见一阵窸窸窣窣的声音，赶快一看，看见了羊脂球穿着一件四周镶白色花边的蓝开司米长睡衣，样子显得格外肥胖，手里端着一个蜡台，向走廊尽头那个大号码的房门走去。离他不远却有一扇门推开了一条缝。等过了几分钟羊脂球回来，高尼岱跟在她后面，上身只穿着衬衫。他们说话声音很低，后来停下不走了。羊脂球好像是在坚决阻止他进她的屋子。该死的是鸟先生听不见他们说什么话，不过到最后他们声音高了起来，他总算耳边刮着了几句。高尼岱是一个劲儿地央求，他说：

"瞧，您有多么傻，对您来说，这有什么关系？"

她显然是生气了，回答：

"不行，我的亲爱的，有些时候，这种事是做不得的。再说，在这儿，简直是件可耻的事。"

他大概是一点儿也不明白其中的道理，还在问什么缘故。她于是大发雷霆，嗓子也提得更高了：

"什么缘故？您不知道是什么缘故吗？普鲁士人不就在这所房子里吗？也许就在隔壁屋子里呢。"

他不再说话了。敌人在身旁，这个妓女便不肯接受男人的温存，这种爱国主义的节操不能不在他心里唤醒了正在丢盔卸甲的自尊心。他只抱住她吻了一下，便蹑手蹑脚回到自己的房间。

鸟先生心里跟火烧一般，离开了锁孔，在屋子中央来了个击脚跳，戴上了他的棉布睡帽，掀起了盖着他妻子粗硬身躯的被子，吻了她一下，把她吵醒，低声说道："亲爱的，你爱我吗？"

整所房子里于是声息全无了。但是不久以后，不知从哪儿，也说不清是从哪个方向，也许是从地窖里，也许是从阁楼里，传来一种有力的、单调的、有规则的鼾声，一种低沉的、拖长的声音，好像气锅憋足了气在抖动。弗朗维先生睡着了。

原来决定的是第二天八点钟动身，所以到时候大家都已聚在厨房里，可是那辆车子却孤零零地停在院子中央，既没有马也没有车夫，篷布顶上盖着一层雪。马房里、草料房里、车房里都找过，哪儿也找不着车夫。于是所有的男子决定到镇上去搜寻这个人，他们一齐走了出去。他们来到了广场，广场的正面是一座教堂，两旁都是低矮的房子，里面都有普鲁士兵。他们看见的头一个兵士在削土豆皮。再过去一点儿，又看见一个兵士在那里替理发店洗刷屋子。还有一个满脸胡子的兵士正在亲一个哭着的小孩的面孔，把孩子放在膝上颠动摇晃，哄他别哭。那些胖胖的乡妇——男人们到军队打仗去了——正比着手势指挥那些驯顺的胜利者在那里做应该做的工作，比方劈柴，把热汤倒在面包片上，磨咖啡，等等；有一个兵士竟在替他的房主人洗衣服，房主人是一个手脚不灵的老婆子。

伯爵大为吃惊。恰好一个教堂职员正从神父住宅出来，他于是请问了他。这个虔敬的老信徒回答："噢！这些人可不是坏人。听人说，他们不是普鲁士人。他们住得还要远些，我也说不清是什么地方，他们都把老婆孩子丢在家乡，战争对他们来说，并不是一件有趣的事。我敢断定，那边也在哭哭啼啼挂念男人，将来跟咱们这儿一样，也会穷得走投无路。这儿，目前还不算太倒霉，因为他们并不干坏事，他们跟在他们家里一样干活做事。看见没有？先生，穷苦人之间就应该互相帮助……要打仗的是那些大人物。"

高尼岱看见在战胜者和战败者之间会取得这样友好的谅解，感到非常气愤，马上走开，他宁愿回到旅馆里去一个人待着。鸟先生说了一句笑话："他们正在补充人口。"卡雷—拉玛东先生也说了一句话，倒还严肃："他们正在赔偿损失。"可是车夫还是找不着。最后才在镇上的咖啡馆里把他找到，他正和普鲁士军官的勤务兵亲如弟兄似的坐在一张桌上。

伯爵很不客气地问他：

"没吩咐你八点钟套车吗？"

"吩咐过，不过后来我又另外接到了一道命令。"

"什么命令？"

"叫我不要套车。"

"谁给你下的这道命令？"

"那还用问，是普鲁士指挥官。"

"为什么下这样的命令？"

"我不知道，你们去问他吧。他们不准我套车，因此我就不套车，事情就是这样。"

"是他亲自对你这样说的吗?"

"不,先生,是旅店老板替他向我传的命令。"

"什么时候?"

"昨天晚上,我正要去睡的时候。"

三个男子心里十分不安,回到旅馆。

他们找弗朗维先生,可是女仆回答说弗朗维先生有气喘病,十点钟以前是从来不起床的。他甚至明确地禁止提前把他叫醒,除非是发生火灾。

他们想见军官,但那是万万办不到的,尽管他就住在旅馆里,他却只允许弗朗维先生一个人和他谈老百姓的事情。只好等着吧。妇人们回到各自的房间,做一些无关紧要的琐事。

高尼岱在厨房里那座高大的壁炉下面坐下来,壁炉里烧着一大堆火。他叫人替他搬来了一张小方桌,外带一瓶啤酒,然后叼着烟斗抽他的烟。他那只烟斗在那些民主党人中间几乎和他本人一样受人敬重,倒好像它为高尼岱服务的同时也在为祖国服务。那是一只非常漂亮的海泡石烟斗,积了厚厚的烟垢,和主人的牙齿一般黑,不过烟斗香喷喷的、弯弯的、亮光光的,和主人的手已经混得很熟,有了这个烟斗在手,主人的神气才显得十足。高尼岱坐在那里一动也不动,两只眼一会儿盯住炉里的火苗,一会儿盯住杯中的酒沫,每喝一口,总要带着得意的神色伸出他又瘦又长的手指头掠一下油腻的头发,一面用嘴吸着唇髭上挂着的泡沫。

鸟先生借口活动活动腿脚,却跑到本地各家小酒店去推销他的葡萄酒。伯爵和棉纺厂主谈论政治。他们推测法兰西的前途。这一个把希望寄托在奥尔良党人身上,那一个指望出一个无名的大救星,一个在全盘无望的时候挺身而出的英雄。也许会出来一位杜·盖克兰,一位贞德吧?或者是另一位拿破仑一世呢?如果皇太子不是那么小,该有多好!高尼岱听着他们说话,脸上带着一个懂得命运奥妙的人的微笑。他抽着烟斗把厨房熏得喷香。

敲十点钟的时候,弗朗维先生出现了。大家马上请教他,可是他只能把下面几句话一字不改地重复了两三遍:"军官这样对我说的:'弗朗维先生，你必须告诉车夫，明天不准给这些旅客套车。没有我的命令，他们不能动身。你听明白了？好，行了。'"

他们要求见军官。伯爵拿出自己的名片，卡雷—拉玛东先生还在伯爵的名片上附上自己的姓名和所有头衔。普鲁士军官派人传话给他们，说他可以接见这两个人，可是得等他吃完午饭，也就是说午后一点左右。

太太们又下楼来，大家虽然都提心吊胆，还是胡乱吃了一点儿东西。羊脂球好像是病了，而且显得局促不安。

刚喝完咖啡，勤务兵就来找这两位先生。

鸟先生跟着两个人一起去了，他们也想把高尼岱拉了去，以便使他们的这番活动显得格外隆重，可是他很高傲地声称，他决心永远不和德国人发生任何交往。他又躲到壁炉下面，又要了一瓶啤酒。

那三个人上了楼，被领到旅馆中最漂亮的那间房里，军官就在那里接见他们，他躺在一张靠背椅上，双脚蹬着壁炉，抽着一根长的瓷烟斗，穿着一件鲜艳夺目的睡衣，不用说那是在一个趣味低级的市民的空房子里偷来的。他也不起来，也不打招呼，甚至连看也不看他们，完全是打胜仗的军人具有的那种蛮横无理的极完好的样品。

过了好半天，他终于发了话：

"里（你）们有镇（什）么事？"

伯爵赶紧发言："我们想动身，先生。"

"不行。"

"我可不可以请问一下，因为什么不让我们走？"

"因为额（我）不元（愿）意。"

"我以极大的敬意请您注意，先生，您的总司令曾经发给我们到第厄普去的通行证。我想我们也没有做什么错事，应该受到您的严厉待遇。"

"额（我）不元（愿）意……没有撇（别）的缘故……里（你）们格（可）以下去了。"

三个人都鞠了躬，退出来。

下午过得很愁惨。谁也不明白这个德国人为什么会有这样的怪念头，每个人的脑子里都产生了最离奇的想法。他们全都待在厨房里，想象出种种不近情理的情形来讨论个不休。也许要把他们留下做人质？——不过又是为的什么目的呢？——莫非要把他们当俘虏带走？更可能的是要向他们勒索一大笔赎金吧？一想到这个，他们吓得发了疯。其中最有钱的人害怕得最厉害，他们好像已经看见自己为了赎命把一袋一袋的金钱倒在这个蛮横无理的大兵手里。他们绞尽脑汁想出一些可以让人相信的谎言，来隐瞒他们的财富，冒充穷人，冒充很穷很穷的人。鸟先生还把表链摘下来藏在衣袋里。天色黑下来了，这更增加了他们的恐惧。灯已点上，但吃晚饭还要等两小时，鸟夫人提议打三十一点。这至少可以说是一种消遣解闷的好方法。大家都同意。甚至连高尼岱也出于礼貌，熄灭了烟斗，凑一把手。

伯爵洗牌，分牌。羊脂球一上来就得了三十一点，大家很快地都专心打牌，把各人心里盘踞着的恐惧平息下去了。不过高尼岱发觉鸟先生夫妇俩串通好了作弊。

他们正要坐到桌上去吃饭，弗朗维先生又出现了，用他那痰堵着喉咙的声音说："普鲁士军官叫我来问伊丽莎白·鲁塞小姐，她是不是还没有改变主意？"

羊脂球一听这话，脸色煞白，立着不动；接着突然满脸通红，气得说不出话来。最后她才一下子嚷了出来："去对这个无赖，这个下流东西，这个普鲁士臭死尸说，我决不答应，你听听清楚，我决不，决不，决不答应。"

胖老板一出去，大家就围住了羊脂球打听，要求她把她那趟去见军官的秘密说出来。她先不肯说，可是过不多久，她心里的愤慨再也压不下去，她大声喊道："他想干什么吗？……他想干什么吗？他想跟我睡觉！"这样的粗话，竟没有人觉得刺耳，因为大家都是那样气愤填胸。高尼岱使劲把酒杯往桌上一掼，把酒杯都掼碎了。当时只听见一片谴责这个无耻丘八的呼声，一片暴怒的怨声，全体团结起来抵御敌人了，仿佛敌人要羊脂球做出牺牲的这件事里他们每个人也都有一份。伯爵愤慨地表示这些人的行为简直和古代野蛮民族一样。特别是那几位太太，更是对羊脂球显出十分怜惜爱护的样子。那两位修女是只有吃饭才下楼的，她们低下头，一言不发。

头一阵狂怒过去之后，大家还照常用晚餐，不过不大说话，因为都在想心事。

妇人们很早就回到各人的房间，男人们抽着烟就把牌局组织起来，他们邀了弗朗维先生参加，他们想要巧妙地从他身上打听出有什么好方法来消除军官的对立态度。可是他一心只想着牌，什么也不听，什么也不答。他只是不停地说："打牌吧！先生们，打牌吧！"他是那么专心，连痰都忘了吐，使得他胸腔里有时候声音拉得很长。呼哧呼哧扇动着的肺叶发出哮喘病的种种声响，从浑厚的、深沉的音节起一直到小公鸡练习打鸣时的那种嘶哑的尖叫声，无一不有。

他的太太熬不住困，来找他去睡的时候，他竟拒绝上楼。太太只好一个人走了，因为她是"值早班的"，总是太阳一出就起床；而他呢，是"值晚班的"，随时都可以和朋友们熬夜。"你把我那罐牛奶熬蛋黄放在火边上煨着！"他说完又打起牌来。等大家看出从他身上什么也打听不出来，就宣布应该散局，各人都回去睡觉。

第二天他们还是老早都起了床，心里都抱着一种模糊的希望，想动身的欲望也更大，他们很怕在这丑恶的小旅馆里还要过一天。

唉！拉车的马还是留在马房里，车夫还是无影无踪。他们无事可做，就在车的周围绕来绕去。

那餐午饭吃得闷闷不乐，大家对羊脂球好像有点冷冰冰了，因为夜晚常常叫人深思，过了一夜，他们的看法改了样儿。他们现在几乎有点怨恨这个女人，为什么她不偷偷地跑去找那个普鲁士人？那样一来，她不就可以为她的旅伴们在第二天一觉醒来的时候，准备下一个意外的好消息吗？还有比这更简单的吗？并且又有谁知道呢？她的面子是可以顾全的，只要对军官说她是看了旅伴们苦恼，感到可怜，才答应的。对她说来，那种事没有什么了不起！

不过这些心里的想法，还没有人说出来。

下午，大家实在闷得要死，伯爵提议到镇子附近去散散步。各人都仔细地把身体包好裹好，这一小队人就出发了，只有高尼岱不去，他宁愿留在旅馆里烤火，那两位修女也不去，她们白天不是在教堂里就是在神父住宅里消磨光阴。

天气一天比一天冷得厉害，冻得耳朵和鼻子像针扎似的，两只脚很疼，每走一步简直就是受一次罪。等到看见了田野，望过去是无尽无休的一片白，那么凄怆悲凉，大家立刻感到寒入骨髓，愁上心头，马上掉转身子往回走，四个妇人走在前面，三个男人离开不远在后面跟着。

鸟先生把情况看得很清楚，忽然发问说，这个"臭婊子"是不是要害得他们在这样一个地方长久地待下去。伯爵永远是彬彬有礼的，他说不能硬逼一个妇人做这样一种痛苦的牺牲，这种事只能听她自愿。卡雷一拉玛东先生也发表意见，他说如果法国人，真如大家所议论的那样，从第厄普攻过来，那么两军接触只能是在多特。另外那两个人听了他这种说法，心里可就有点着急。鸟先生说："那咱们就徒步逃走吧。"伯爵耸了耸肩膀："这样大的雪，又带着几位太太，那怎么行呢？他们马上会追上来，用不了十分钟就把我们抓住，当俘虏带回来，那就任凭这些大兵摆布了。"他的话说得实情实理，大家都不再作声。

太太们谈的是打扮，可是她们之间好像有些拘拘束束谈不热乎。

忽然在街口出现了那个普鲁士军官。在一望无边的雪地上的是他那穿着制服的、细腰蜂般的高高的身体，走起路来膝盖向两边撇开，这是怕弄脏刚擦亮的长靴的军人特有的走法。

他在妇人们面前经过时，哈了哈腰，可是对那些男子却十分轻蔑地看了一眼，好在这些人也颇知自爱，并没有脱帽，尽管鸟先生做了一种仿佛要摘帽的手势。

羊脂球脸红到耳根，那三位有丈夫的妇人则感觉到一种很大的耻辱，她们觉得可耻的是和妓女一起散步时偏偏让军官碰见，而这个妓女又是那个军人如此不客气地对待过的。

她们接着就谈起这个军官来，既谈他的身段又谈他的容貌。卡雷一拉玛东夫人结交过许多军官，对鉴别军官很有眼力，她认为这个军官很不错，她甚至惋惜他不是法国人，否则倒是一个很漂亮的轻骑兵，所有的女人都会对他入迷的。

回到了旅馆，大家都不知干什么才好。为了一些极其无关紧要的小事，言语都非常尖刻。晚饭不声不响地吃了，吃得很快。各人都上楼去睡觉，希望快快睡着把时间混过去。

第二天早上下楼，大家脸色都显得疲惫不堪，而且都怀着满腔的怒火。几位太太几乎不跟羊脂球说话了。

钟声响了，教堂里有孩子要领洗。这位胖姑娘生过一个孩子，寄养在依弗多的农民家里。她一年也不见得去看他一次，平常也从不想他；可是一想到这个马上要领洗的小孩，心里忽然对自己孩子发生了一种强烈的母爱，她于是不顾一切，要去参加这个仪式。

她刚一走，大家先是你看看我，我看看你，然后把椅子往一块儿挪挪，因为他们都感到，已经到了应该决定个办法的时候了。鸟先生忽然灵机一动，他主张向军官建议，把羊脂球一个人留下，让别的人走路。

仍旧是弗朗维先生担任了这个传话的使命，可是他几乎马上就回到楼下。那个德国人是深知人类的本性的，所以把他赶了出来。他的意思是他的希望一天得不到满足，就必须把全部的人扣留一天。

鸟夫人的市井下流脾气一下子爆发出来："我们总不能老死在这儿啊。跟所有的男子干这种事，原来就是这个娼妇的本行，我认为她就没有权利拒绝这个人或接受那个人。我倒要请问一下，在鲁昂碰着谁要谁，哪怕是马车夫，她也要！是的，太太，她接过省政府的马车夫！这个事，我知道得很清楚，那马车夫就在我们店里买葡萄酒。可是今天，要她帮我们解决困难了！她这个肮脏女人，倒假充起正经人来了！……这个军官，我觉得他的行为很正派。他也许好久没近女人了，我们这三个女人当然比羊脂球更对他的胃口。可是，不，他只想把这个尽可夫的妇人弄到手就满意了。他对有丈夫的妇人是知道尊重的。请你们想一想，他可是此地的主人。他只要开口说一声'我要'，就可以在他那些大兵的帮助下把我们强奸的。"

那两个妇人打了一个小小的寒战。漂亮的卡雷一拉玛东夫人眼里闪出了光芒，并且面色有点发白，好像觉得自己已经被那个军官强施无礼似的。

男人们原在一旁商量，现在都走了过来。鸟先生怒气冲天地主张把这个"贱货"连手带脚捆起来，交给敌人。不过伯爵出身于三代都做过外交大使的家庭，而且他自己又天生一副外交家的气派，他主张运用计谋，他说："还是应该好好地劝她。"

于是他们秘密地商量起来。

妇人们挤得更紧一些，说话的声音放得很低，大家议论纷纷，各人发表各人的意见，而且话说得都很体面。尤其是这些太太们寻出一些委婉曲折的说法和文雅可爱的措辞来表达最猥亵的事。因为话都说得那么谨慎含蓄，局外人闯进来的话，一点儿也听不懂。不过一切上流社会的妇女披在身上的那层薄薄的廉耻心，只能掩盖外表，她们遇到这件猥亵下流的意外事故，却也止不住心花怒放，骨子里竟觉得异常散心解闷，简直可以说是如鱼得水。她们是抱了一种跃跃欲试的心在为别人从中撮合，正如一个馋嘴厨子垂涎欲滴地在为另一个人做晚餐。

到最后，这个故事在他们眼中，显得那么有趣，因此不由自主地大家都轻松愉快起来。伯爵想出了一些相当大胆的趣话妙语，但是他说得那么巧妙，并不刺耳而是引起了微笑。鸟先生说出了一些比较粗鲁的猥亵词句，大家听了也不觉得难听。他的太太于是直截了当表示了她的看法，得到所有在座人的同意，她说："既然是这个姑娘的本行，她为什么对别人不拒绝，却偏偏要拒绝这个人？"那位可爱的卡雷一拉玛东夫人似乎竟有这样的想法，就是如果她是羊脂球，她是宁肯拒绝别人而不肯拒绝这个人的。

他们费了好半天的时间商量包围的办法，就好比对付一座被围困的要塞。每人都定好了自己应该担任的任务，应该讲的理由和应该玩的手段。大家共同决定了进攻的计划，应该施展的妙计和乘其不备的突然袭击，以便强迫这座活城堡开门迎接敌人。

不过高尼岱始终躲在一边，丝毫不过问这桩事。

大家的注意力都是那么集中，竟没有一个人听见羊脂球回来。幸亏伯爵轻轻地嘘了一声，大家才抬起头来。她已经到了跟前。他们突然闭上嘴，感到十分尴尬，一时无法和她搭话。伯爵夫人究竟比别人更惯于交际场中的两面派作风，就问她："这次洗礼好玩吗？"

胖姑娘心里的激动还没平息下去，于是把一切都讲给他们听：她都看见了什么样的人，那些人是什么态度，甚至教堂里的外观，她都讲到。最后她还找补一句："偶尔祷告一次很有好处。"

一直到吃午饭，这几位太太都对她很和气，为的是取得她的信任，更容易听从她们的劝告。

等到一坐上饭桌，进攻就开始了。一开始是泛泛谈到献身精神。他们举了些古代的事例，先举犹底特和荷罗菲纳；又毫无理由地举了鲁克雷斯和塞克都斯；又谈起克娄巴特拉，说她曾把敌军所有的将领先后引到自己床上，使他们像奴隶似的俯首听命。于是一个无比荒诞的故事出现了，这个故事是从这些不学无术的百万富翁脑中产生的。在这个故事里，罗马的女公民们跑到加布，把汉尼拔搂在怀中哄他睡觉，不但搂他，还搂他那些将领和雇佣兵的所有官兵。凡是曾经阻挡过征服者，把自己的身体作为战场，作为支配工具，作为武器的女人，凡是用自己英勇的爱抚战胜丑恶可恨的败类的女人，凡是曾经为复仇与效忠而牺牲贞操的妇人，他们都一一举了出来。

他们甚至还用含蓄的词句谈到英国的一个名门闺秀，她故意染上一种可怕的传染病，准备传给拿破仑。靠天保佑，幸亏拿破仑在这次不幸的幽会时，突然感到虚弱无力，才算得救。

这一切都是用一种很得体、很有分寸的方式讲述出来，时不时还故意爆发出一片热烈赞赏，足以激发人去仿效。

听了他们说的，你最后简直会相信，妇女在世界上唯一的使命就是永恒不断地牺牲自己的身体，无尽无休地听从丘八老粗们的任意摆布。

那两位修女好像陷入沉思之中，什么也没听见。羊脂球也一句话都没有说。

整个下午，他们都不打扰她，容她仔细考虑。不过，谁也说不出为什么，大家却都改了口，简单地叫她"小姐"，而不像以往那样称呼她"夫人"了，倒好像是要把她从她现已爬到的、颇受尊敬的地位往下拉一级，让她感觉出她所处的不体面的地位似的。

汤刚刚送上来，弗朗维先生又出现了，还是头天晚上那句话："普鲁士军官叫我问伊丽莎白·鲁塞小姐，她是不是还没有改变主意。"

羊脂球冷冷地回道："没有，先生。"

但是在这顿晚饭中间，同盟军的力量减弱了。鸟先生说了三句话，效果都很坏。每个人都搜索枯肠寻找新的例子，但是枉费心机，一点儿也找不出来。伯爵夫人也许并没有经过事先考虑，只是有点儿希望对教会表示敬意，向那位年长的修女打听圣人们都有什么丰功伟绩。哪知许多圣人都曾经干过在我们看来可算是犯罪的事，不过这些罪如果是为了天主的光荣或是为了他人的利益，那么教会便会毫不困难地加以宽恕。这是一个有力的论据，伯爵夫人马上加以利用。也许是由于双方有了默契，或者是一方暗献殷勤，凡是身披教会法衣的人都善于干这一手，也许仅仅是由于正巧缺乏头脑，或者由于爱帮人忙的糊涂傻劲儿，总之这位老修女却给他们的阴谋帮了一个大忙。大家原以为她胆子小怕羞，哪知她很胆大，话也很多并且很激烈。这位修女从来不受决疑论者的那些探讨研究的影响，她主张的信仰有如铁打的一般；她的信念从来也没有动摇过；她的良心从来没有任何不安的时候。她觉得亚伯拉罕杀子祭天没有丝毫可惊奇的地方，因为只要上天有命令下来叫她杀父杀母，她也是立刻会动手的，依她看来，只要意图正当，做什么事也不会惹得天主不高兴。这位意想不到的同谋者是有神圣的权威的，伯爵夫人乘机加以利用，要引她对"但问结果不问手段"那句道德格言做一番大有教益的解释。她是这样问修女的：

"那么，我的姑奶奶，您认为，无论用什么方法，天主是允许的吗？只要动机纯洁，行为本身总是可以得到天主原谅的了？"

"有谁能怀疑这个呢，太太？本身应该受谴责的行为，常常因为启发行动的念头良好而变成可敬可佩。"

她们就这样继续谈下去，她们判断天主的意愿，估计天主的决定，迫使天主操心许多与他实在毫不相干的事情。

这一切都说得含而不露，既巧妙，又得体。不过这位戴元宝帽的圣女的每一句话，对那个妓女的愤怒的抗拒来说，都起着攻破缺口的作用。后来谈话稍稍离开了本题，手执念珠的女人谈到了她所属的修会的各个修道院，谈到她的院长，谈到她自己和那个娇小的同伴，那个亲爱的圣尼赛福尔修女。她们是应召到勒阿弗尔那些医院里去看护好几百身染天花的兵士的。她描绘了那些可怜人的情形，仔仔细细地讲述他们的病情。只因为这个普鲁士军官任性横行，她们被截在半路上。在这个时候很多法国人可能送了命，她们如果在那里，本来是可以把他们救活的。看护军人原是她的专长：克里米亚、意大利、奥地利她都到过。在她讲述她参加过的那些战役的时候，突然使人感到了她就是那些打着军鼓、吹着军号的修女队中的一位，这些修女好像天生就是为随着兵营奔走，在战争的旋涡中抢救伤兵的；她们比长官还能干，能够一句话便制伏那些不守纪律的老兵。她可以算是一个真正随军的好修女，那一张被天花毁掉的、数不清有多少麻斑痘痕的面孔，就好像是战争带来的破坏蹂躏的写照。

在她说完以后，因为效果是那么好，所以别人也就不再说什么了。

饭一吃完，大家都很快回到各人的房间，第二天早晨下来得相当晚。

午饭也平平静静地过去了。他们让头天晚上播下的种子有抽芽结果的时间。

午后，伯爵夫人提议大家出去散步，于是伯爵按照预定计划，挽着羊脂球的胳膊，和她一起走在最后面。

他跟她谈着话，用的是稳重的男人对卖笑女子说话的那种口气，亲热随便，慈祥和蔼，多少还带点儿轻蔑；他喊她"我的孩子"；他从高高在上的社会地位和无可争辩的崇高身份，屈尊俯就地对待她。他单刀直入，一下子就讲到了本题：

"这么说，您是宁愿让我们留在这里，和您一样等普鲁士军队吃败仗之后，冒遭受他们种种强暴对待的危险，而不肯随和一点儿，答应做您一生经常做的事？"

　　羊脂球什么话也不回答。

　　他亲切地对待她，和她说理，用感情打动她。他能够保持"伯爵先生"这个身份，同时在需要的时候又能殷勤献媚、恭维夸奖，表现得十分可爱。他竭力渲染她可以帮他们多大的忙，也谈到他们将如何感激她；然后突然笑嘻嘻，亲密地改用"你"来称呼她，说道："你知道，我亲爱的，他将来还可以夸耀，说他曾经尝过一个他们国内不多见的美女的滋味呢。"

　　羊脂球一语不答，她追上了其余的人。

　　一回到旅馆，她立刻上楼到自己的房间去，再也没有露面。大家都忧心忡忡。她倒是要怎么办呢？如果她还是抗拒，那可真糟糕！

　　吃晚饭的时间到了，大家等她没有等到。后来弗朗维先生走了进来，通知大家说鲁塞小姐身体有点不舒服，大家可以先吃。人人都竖起耳朵听。伯爵走到老板身旁，低声问道："行了？""行了。"为了顾全面子，他对同伴们什么也没说，只是朝他们微微点了点头。立刻所有的人都如释重负，深深地叹了一口气，脸上露出轻松愉快的表情。鸟先生大声喊道："他奶奶的！我请大家喝香槟酒，这旅馆里不知有没有？"鸟太太却不免心惊肉跳，因为老板马上手里拿着四瓶酒重新走进来了。每一个人都突然间变得爱说爱笑，爱吵爱闹，各人心里都充满了一种不大正派的快乐。伯爵好像发现卡雷—拉玛东夫人风韵很足，而那个棉纺厂厂主、卡雷—拉玛东先生则不住向伯爵夫人献殷勤。谈话活跃、愉快，有很多精彩的妙语趣话。

　　忽然鸟先生满面惊恐，高举双臂，嚷了起来："都别作声！"大家吃了一惊，甚至又有点害怕，果然停止了谈话。鸟先生这时支起耳朵听，一面双手拢着嘴发出一声"嘘！"抬起眼睛望望天花板；他又用心听了一会儿，恢复了本来的嗓音说道："放心吧，没事。"

　　最初大家有点莫名其妙，但是很快地都露出了微笑。

　　一刻钟之后这出滑稽剧他又重演了一次，并且这个晚上经常地重演，他还常常装出和楼上某个人打招呼的样子，把那些从他的市侩脑子里挖掘出来的语意双关的建议提给对方。有时他装作愁眉苦脸叹着气说："可怜的女孩子哟！"要不就怒气填胸地咬着牙嘟囔："混账的普鲁士人！"有时候，大家谁也不想这件事了，他却提高了嗓子连喊几次："够啦！够啦！"然后仿佛跟自己说话似的又说："但愿我们还能见到她的面，可别叫这个坏蛋给收拾死啊！"

虽然这些玩笑话趣味低级，不堪入耳，但是没有一个人感到生气，大家还都觉得好玩；原来气愤也和其他东西一样，是和环境有关的，而在这些人周围逐渐形成的气氛里，充满了猥亵的念头。

吃到点心水果时，妇人们也不免说了些很俏皮的，但是也很含蓄的影射话。大家的眼睛都亮闪闪的；因为酒喝了不少。伯爵即使在吃喝玩乐的时候也保持住他那庄重的外表，他打了一个颇为大家欣赏的比喻，说北极严冬已经过去，一群被困在冰冻中的难民看见通往南方的道路已经打开，因此快活异常。

鸟先生正在兴头上，他站了起来，手中举着一杯香槟，说道："为庆贺我们的解放，我喝这一杯！"大家都站了起来，向他欢呼。几位太太横劝竖劝，那两位修女也同意把嘴唇在这个她们从没尝过的起泡沫的酒里抿一抿。她们说有点像柠檬汽水，不过味道好得多。

鸟先生对当时的情况做了一个概括：

"可惜的是没有钢琴，不然倒可以跳它一场四对舞。"

高尼岱一直没有说话，也没有动一动。他好像深深地沉浸在严肃的思想中，有时他狠狠地扯着自己的大胡子，仿佛想把它拉得更长一些。末了，快到十二点的时候，大家要散了，喝得东倒西歪的鸟先生，忽然在高尼岱的肚子上轻轻拍了一下，口里含糊不清地说道："您今晚话也不说，为什么不高兴，公民？"哪知高尼岱却突然抬起了头，两目凶光闪闪地把所有在座的人扫视了一周，说道："告诉你们大家，你们刚才干的事无耻透顶。"说完就站起来，走到门口，又说了一遍："无耻透顶！"才走出去不见了。

大家都感到十分扫兴。鸟先生冷不防碰了这个钉子，也目瞪口呆，发了傻；可是他恢复镇静以后，突然弯了腰大笑起来，口里不住念叨："葡萄太酸了，老伙计。太酸了。"大家不明白他这句话什么意思，他于是把"走廊里的秘密"讲给他们听。于是大家又兴高采烈起来。几位太太乐得跟疯子一样。伯爵和卡雷一拉玛东先生笑得直流泪。他们不相信会有这个事。

"怎么！您没弄错吗？他真想……"

"告诉你们，我是亲眼看见的。"

"她居然不答应……"

"那是因为普鲁士人就住在隔壁房间里。"

"哪儿会有这种事呢？"

"我向你们发誓。"

伯爵笑得喘不过气来。卡雷一拉玛东先生两手紧紧捧着肚子。鸟先生还不肯住口：

"你们明白了吧，今天晚上，他笑不出来，一点儿也笑不出来了。"

三个人又哈哈大笑，笑得肚子痛，笑得气都透不过来，笑得直咳嗽。

笑完大家也就散了。鸟太太的性情是从不饶人的，当夫妇一睡到床上，她就告诉她的丈夫，卡雷一拉玛东太太这个小泼妇整个晚上都在苦笑："你知道，女人们要是看中了穿军服的，不管是法国人或普鲁士人，全都欢迎。这还不够丢人吗？我的天啊！"

这一整夜，在黑暗的走廊里，老像有轻微的颤动，轻得几乎听不见的、像喘息似的轻悄悄的响声，还有光着脚底板在地上走过的声音和不易觉察的咯咯声。当然大家都很晚才睡着，因为好久好久以后还有灯光从那些卧室的门下透出来。这一切都是香槟酒的效果，据说香槟酒会打扰人的睡眠。

第二天，在明亮的冬日阳光照耀下白雪晶光耀眼。公共马车总算套上马，在门外等着了。大群白鸽子，粉红眼睛黑瞳孔，厚厚的羽毛，昂首挺胸，一本正经地在六匹马的腿底下绕来绕去，啄着还冒热气的马粪，寻找它们的食物。

车夫围着他那块羊皮，在座上抽着烟斗，旅客们都心花怒放，忙着叫人给他们包扎食物，以便在剩下的路程上吃。

只等羊脂球一人了。她露了面。她好像有点激动，有点羞惭，她怯生生地向旅伴们这边走过来，这些人一齐转过脸去，就像没看见她似的。伯爵昂然地挽着太太的胳膊，把她领到一边，躲开这种不干净的接触。

胖姑娘十分诧异，站住不再往前走，随后才鼓足勇气对那棉纺厂厂主的太太打招呼，很谦恭地轻轻说了一声"早安，太太"。对方只是极其傲慢地点了点头，同时像一个贞洁的女人受到了侮辱似的朝她望了一眼。人人都仿佛很忙碌，并且都离她远远的，仿佛她的裙子里带来了什么传染病。后来大家都急忙朝车子奔过去，把她丢在最后，她独自一人爬上车，一声不响地坐到前一段路程坐过的位子上。

大家仿佛没有看见她这个人，也不认识她。可是鸟太太怒气满脸，远远地望着她，低声对她的丈夫说："幸亏我不坐在她的旁边。"

笨重的马车晃动起来，旅行又开始了。

最初谁也不说话。羊脂球头也不敢抬。她对这些旅伴感到气愤，同时感到羞愧，羞愧的是没有坚持到底而让了步，被他们假仁假义地推到这个普鲁士人的怀中，被他所玷污。

伯爵夫人很快地打破这种难堪的沉寂，她转过脸来向卡雷一拉玛东夫人问道：

"您大概认识德·哀特莱尔夫人吧？"

"认识的，还是我的朋友呢。"

"是个多么可爱的人啊！"

"太招人喜欢了！这才真是个顶尖儿的人物，学问好，多才多艺，唱得一口好歌，画得一手好画。"

棉纺厂厂主在和伯爵聊天，在车窗玻璃的咯咯声中，不时地可以听见像息票啦、到期啦、溢价啦、限期啦等字眼儿。

鸟先生和他的太太在斗纸牌，牌是他从旅馆里偷来的，在抹得不干净的桌子上已经摩擦了五年，牌上满是油腻。

两位修女把腰带上挂着的长念珠取下来拿在手里，一同画了十字，突然嘴唇很快地动起来，并且越来越快，跟比赛念经似的叽里咕噜地念着，还不时地吻吻一块圣像牌，吻完又画十字，然后嘴唇又迅速不停地动起来。

高尼岱一动不动，他在想心事。

走了三个钟头以后，鸟先生收好纸牌。"肚子饿了！"他说。

他的太太伸手拿过来一个细绳捆好的纸包，从里面取出一块冷牛肉。她很利落地把它切成薄而整齐的片儿，两个人就吃起来。

"我们也吃，好不好？"伯爵夫人问。得到同意以后，她把给两家预备的食品都打开来。一个椭圆形的盆子，盆盖上有一个粗瓷野兔，表示盆里盛的是一只熟的野兔，那是一种滋味鲜美的熟肉，紫堂堂兔肉上横着一排一排白色的肥猪肉丁，还拌着别种剁得很碎的肉。此外还有一大块瑞士出产的干酪，是用一张报纸包着的，报上的"社会琐闻"四个字也印在油汪汪的干酪面上了。

两位修女从纸包里拿出了一截香肠，发出一阵大蒜的气味。高尼岱两手同时插进了他那件肥大的外套的大口袋里，从一只口袋里掏出四个带皮煮熟的鸡蛋，从另一只口袋里掏出一段面包。他剥掉了蛋壳，扔在脚下的稻草里，就咬起他的鸡蛋来，蛋黄的末屑落在他的大胡子上，很像一颗一颗的星星。

羊脂球原是匆匆忙忙慌里慌张起的床，什么也没有想到，看见这些人若无其事地吃着东西，不觉气愤填胸，憋得喘不过气来。她先是一阵狂怒，她张开嘴已经预备把他们好好地教训一顿，一大堆辱骂的话已经涌到嘴边；可是她说不出来，怒火是那样强烈，竟锁住了她的嗓门儿。

没有一个人看她，没有一个人想到她。她觉得自己淹没在这些正直的恶棍的轻蔑里：他们先是把她当作牺牲品，然后又像抛弃一件肮脏无用的东西似的把她抛掉。她于是想起了她那只满满装着好东西的大篮子，他们是那样贪婪地把它吞个精光；她想起了她那两只冻得亮晶晶的小鸡，她那些肉酱、梨子，她那四瓶波尔多红葡萄酒；这时她的怒气，好像一根绳子绷得太紧绷断了似的，反倒平息下去；她觉得要哭出来。她拼命地忍住，跟孩子似的把呜咽硬咽下去，可是眼泪还是涌上来，亮晶晶地挂在眼圈边儿上，一会儿工夫两颗大泪珠离开了眼睛，慢慢地顺着两颊流了下来。跟着又流下别的泪珠，流得更快，就好比岩石里渗出来的水珠，一滴一滴落在她的圆鼓鼓的胸膛上。她腰板笔挺，眼睛定着向前看，脸绷得紧紧的，脸色苍白，只希望别人不要看她。

可是伯爵夫人偏偏看出来了，并且递了个眼色通知她的丈夫。他耸了耸肩膀，仿佛说："有什么法子呢？这不能怪我啊。"鸟夫人得意扬扬，不出声地笑了笑，嘟囔着说："她在痛哭自己做了丢脸的事。"

两位修女把吃剩的香肠卷在一张纸里，又念起经来。

高尼岱正在消化刚吃下去的几个鸡蛋，把两条长腿伸到对面的长凳下面，向后一靠，两臂交叉放在胸前，好像刚刚找到了捉弄人的办法似的，脸上露出了微笑，随后用口哨吹起《马赛曲》的调子来。

所有的人都涨红了脸。毫无疑义，同车的那些人是不喜爱这个人民的歌声的。他们都感觉心里烦躁，激怒，仿佛要大嚷大叫才好，就好比狗听见了手摇风琴的声音总要狂吠一样。

他看出了这种情形，再也不肯住嘴。有时候甚至把歌词也哼了出来：

对祖国的神圣的爱，
快来领导、支持我们复仇的手，
自由，最亲爱的自由，
快来跟保卫你的人们一道战斗！

雪地比较坚硬，车子也走得比较快了。在旅途的漫长的愁惨的这几小时内，在车子颠簸震动的声响中，不管是黄昏刚黑的那一刹那，也不管是车里已经漆黑乌暗的时候，一直到第厄普为止，他便是这样一直执拗顽固地继续吹着他那带复仇性的、单调的调子，逼得那些人，脑筋尽管非常疲乏，心情尽管十分愤怒，却也无法不从头至尾倾听着他的歌声，并且每听一拍，还不由得要把唱的每句歌词都记起来。

羊脂球一直在哭，有时候在两节歌声的中间，黑暗里送出一声呜咽，那是她没能忍住的一声悲啼。

情境赏析

莫泊桑在写《羊脂球》时，大胆地探索了如何以新颖的艺术形式来表现主题的手法。

莫泊桑打破艺术创作上的传统，敢于把一个妓女当作正面主人公，把老爷太太当作反面人物做对比式的描写；敢于用前者来否定后者，用后者来反衬前者。这既符合生活的真实，又符合艺术的典型化规律。

名家点评

《羊脂球》不愧是一株美丽的奇葩，在世界小说史上是一颗光彩夺目的明珠。

——（法）居里夫人

无限地丰富多彩，无不精彩绝妙，令人叹为观止。

——（法）左拉

你知道电影中的一个术语"蒙太奇"吗？它是指为表现影片的思想把许多镜头组织起来，构成一部完整的影片。那么下面我们就来看看莫泊桑是如何将战争中两个朋友在巴黎街头闲荡、战前垂钓、战火下冒险的追求，以及被俘后的高尚气节四组镜头剪接成一部弥漫爱国热情的影片的。

巴黎被围困已经有一段时间了，全城的人们在饥饿里呻吟。房顶上很少看见麻雀了，阴沟里的爬行动物也少了很多。人们逮着什么就吃什么。

点出故事发生的背景：巴黎被包围（普法战争），巴黎处于饥饿状态。

在正月的一天早晨，天气很好，莫里索先生饥肠辘辘，他双手插在军服的口袋里，满怀愁绪地在林荫道上溜达。以前他是个钟表匠，战争期间临时当了国家的后备兵。这时，他骤然在一位后备役同事的面前停下来。这人是索瓦日先生，是他以前在河边钓鱼时认识的。

战前的每个星期天，莫里索一早就出发，他带着竹钓竿，背着白铁罐，上了开往阿尔让特伊的火车，在哥隆布下车，步行到了玛朗特岛。到了这个美妙的地方，他开始垂钓，直到天黑。

每个星期天，他总会在钓鱼的地方碰见索瓦日先生。这个人身体矮胖，性情乐观，他在罗莱特圣母街开一家服饰用品店，也是一个钓鱼迷。他俩常并排坐在一起，手里握着钓竿，腿悬在水面上荡悠，一钓就是大半天。时间长了，两人就成了朋友。

有时，他们整天不说一句话；有时候也聊一会儿。但他们即使不说话，彼此也很了解，因为他们趣味相投。

春天的早晨，近十点的时候，明亮的阳光撩动着平静水面上一层轻雾，也照抚着两个专心垂钓的人，使他们的背部有了暖暖的感觉。有时，莫里索会对他说："哦，真舒服！"索瓦日也答上一句："没有比这更舒服的了！"这么简单的对话，就足以使他们互相理解，相互认同。

秋日，黄昏时分，缓缓下沉的夕阳把天空涂成红色，彩霞倒映在河中，天边像燃起了熊熊大火，两个朋友也被笼罩在如火如荼的红光中，树上的叶子也变成了金黄，让人预感到初冬的寒意。这个时候，索瓦日先生会带着微笑看他的朋友说："多美的景致！"心醉神迷的莫里索眼睛仍盯着他的浮子，回答说："比林荫大道的景致还要美！"

他俩互相刚一认出来，就使劲地握手，没想到会在如此沧海桑田的时境中相遇，不禁感慨万分。索瓦日先生长叹一声，说："瞧，现在这些破事儿。"莫里索先生闷闷不乐，叹道："这是什么世道呀！今年以来，今天好不容易碰上第一个好天气。"

天气的确不错，天空蔚蓝，阳光灿烂。

两人肩并肩往前溜达，他们都是满怀心事，闷闷不乐。莫里索接着说："还记得钓鱼的日子吗？嗨，那是多么美好的回忆！"

索瓦日先生发问："我们什么时候能再去钓鱼？"

他们来到一家小咖啡店，每人喝了一杯苦艾酒，出来以后，继续在人行道上闲逛。

莫里索突然停下来说："再去喝一杯怎么样？"索瓦日先生表示赞同："好吧。"于是他们又进了一家酒店。

短短两段，把不同时节的垂钓之乐写得多么令人神往，颇与欧阳修之《醉翁亭记》四时之景有不谋而合之处、异曲同工之妙。同时这两个画面也表现了和平生活的恬静与幸福，用来贯穿反战的主题。

出来的时候他们都晕乎乎的，像空腹喝酒的人那样醉醺醺。天气晴朗，轻柔的风吹拂着他们的脸。

索瓦日先生开始飘飘然了，他停下脚步，问："咱们去吧，好吗?"

飘飘然：轻飘飘的，好像浮在空中。形容很得意（多含贬义）。

"去哪儿呢?"

"当然是去钓鱼啊。"

"去哪儿钓鱼呀?"

"去咱们那个岛。法国军队的前哨阵地在哥伦布附近，杜莫兰上校我认识，他肯定放咱们过去。"

莫里索高兴得全身颤抖，他满怀希望地说："一言为定，我同意。"于是，他们分头去取钓具。

一小时后，他们并肩走在大路上，来到上校驻扎的别墅。上校听了他们的请求，笑了笑，同意了他们这个心血来潮的想法。他们带着通行证出发了。

心血来潮：形容突然产生某种念头。

没多久，他们就通过了前沿阵地，穿过荒凉的哥伦布，来到了塞纳河边倾斜的葡萄园旁。这时大约有十一点。

对面的阿尔让特伊村看上去一片死寂。阿尔日蒙与沙勒瓦这两个山冈俯视着整个地区。山冈一直延伸到南戴尔的平原的辽阔地带之处，只能看到光秃秃的樱桃树与灰溜溜的田野。

索瓦日用手指着前面的山峰嘟囔着说："普鲁士人就在那里!"面对着一大片死亡地带，两个朋友惶恐不安，两腿发软。

他们从未见过普鲁士人，但好几个月来他们却深深感到这些人无处不在。在巴黎周围，在整个法国屠杀、掠夺，无恶不作，对于这些陌生的战胜者，他们除了仇恨外，还有一种天然的恐惧。

写出了战争的破坏与入侵之敌的残暴。

莫里索有些担心地说："哎，如果碰到他们怎么办?"

索瓦日先生以巴黎人在任何情况也都不会失去的幽默回答:"咱们就请他们吃炸鱼。"

话虽这样说,他们却不敢贸然往田野前进,因为周围静寂可怕,足以叫他们退缩。

贸然:轻率地;
不加考虑地。

最后,索瓦日拿定主意:"走,往前进,只是要特别小心。"于是,他们又顺着倾斜的葡萄园弯着腰,匍匐前进,他们用树丛掩护自己,眼睛紧张地环视四周,并且十分留意各处的响动。

要到河边,还要经过一条光秃秃的地面。他们跑着穿过去,到了河边,就躲在干枯的芦苇丛里。

莫里索把耳朵贴在地面上,警觉地探测着周围的动静,他没有听到任何响声,这地方确实只有他们两人。

于是他们放下心来,开始钓鱼。

对面是荒无人烟的玛朗特岛,正好挡住对岸的视线,使人看不到他们。岛上有一家小饭馆,门窗紧闭,好像已废弃很久了。

索瓦日钓到了一条小鱼,接着莫里索也钓到一条。接下来,他们不时把钓竿往上一扬,每次都有一条银光闪闪的鱼蹦跳着被钓上来。垂钓如此丰收,真是奇迹。

他们把鱼放进一个网眼很密的兜里,网兜放在他们身边,下端浸在水里。他们感受到一种难以言说的欢乐,这是当一个人长期被剥夺掉一种非常喜欢的消遣,又重新获得时才会体验到的。

炮火下的垂钓
给整篇小说带
来了些许的浪
漫气息与情
趣,画面上凄
凉的景象是对
民族入侵与不
义之战的有力
控诉。

明亮的阳光把他们的肩膀晒得暖暖的,他们什么也不听,什么也不想,感受不到世上还有其他的事,他们一心一意钓鱼。

突然爆发了一声巨响,把大地震得发抖。普鲁士人的大炮又开始轰炸了。

　　莫里索转过头看着陡峭的河岸，他看到左边瓦莱利昂山高大的侧影，山上有一团白絮状的硝烟。

　　接着，第二团硝烟从要塞的顶部喷出。隔一会儿，又响起了第三声炮轰。

　　炮声接连不断，山顶上响起一阵阵毁灭性的咆哮，从那里喷出的白色烟雾，在宁静的天空慢慢地上升，凝结成一朵云，压在山顶的上空。

　　索瓦日耸了耸肩膀说："他们又干上了。"

　　莫里索焦急地盯着浮子上正在下沉的羽毛，像他这么一个性情平和的人，见了那些如此疯狂的屠杀，也忍不住发起火来了，他生气地说："这么互相残杀真是愚蠢透顶！"

　　索瓦日先生补了一句："真比畜生还不如。"

　　莫里索这时正钓到了一条欧鲅，他也发表意见："这么说吧，只要世界上存在着各种各样的政府，互相残杀就不会根绝。"

　　索瓦日接着说："如果是共和政府，就不会宣战了……"

　　莫里索打断他的话，说："如果都是君主政府，会打国际战争；如果是共和政府，就会打国内战争。"

　　他们心平气和地讨论起来，他们以普通人惯有的通情达理的态度，分析那些重大的政治事件，最后达成共识：人类永远也得不到自由的。与此同时，瓦莱利昂山上一直炮声不断，炮弹在摧毁法国人的房屋，粉碎法国人的生活，屠杀法国人的生命，埋葬数不清的幸福和希望，到处制造痛苦，在人们的心上造成永远不能愈合的伤痕。

　　索瓦日先生感慨地说："这就是生活！"

　　莫里索笑着回答道："还不如说这就是死亡！"

　　但是，他们突然打了一个寒战，因为已经感觉到有人从背后走过来了。一转过头去，他们就看见有四条大汉，全副

作者特意让这两个朋友"以普通人惯有的通情达理的态度，分析那些重大的政治事件"，既有一点儿轻淡的嘲讽，又用这种自然而独特的方式表述反战、反侵略、渴望和平与自由的主题。

武装，满脸胡子，这些人已经紧挨在他们背后，正用枪对着他们。

两根渔竿从他们手中落到了水里随河水漂流而去。

他们被抓住、捆了起来，扔进一条小船运到对面的岛上。

在那幢他们误认为没有人的房子的后面，见到二十几个普鲁士兵。

有一个遍体长毛的彪形大汉，正抽着一个特大号瓷烟斗，用流利的法语问他们："噢，两位先生鱼钓得不错啊？"

这时，一个士兵把带过来的满满一网兜鱼放在这人的脚下。这家伙笑了笑："怎么样，我说很不错嘛，不过，咱们要谈别的事，你们好好给我听着，但不必害怕。"

"我认为你们就是两个间谍，来刺探我方军情。我抓住了你们，就可以把你们任意处置。你们假装来钓鱼，这样可以掩盖你们的企图。活该你们倒霉，落在了我的手里。这就是战争嘛！"

"既然你们通过了前方哨所，就一定知道回去的口令。把口令告诉我，我就饶了你们。"

两个朋友站在那里，吓得面色如土，两手神经质地发抖，但他们什么话也不说。

那人又说："没人会知道这件事的，你们可以放心回去。你们一走，这个秘密也就消失了。如果你们不说出来，那就只有一死。你们自己选择吧。"

他们仍然站着不动，仍然没有开口。

那个普鲁士人并不焦急，他指着那条河又说："想一想吧，五分钟后你们就要葬身水底，只剩下五分钟了！你们还有自己的亲人吧？"

瓦莱利昂山上的大炮一直在响。

两个垂钓者站在那里，一声不吭。那个军官用德语下了

勾勒出了两个朋友在普鲁士人面前的惊慌失措、恐惧，他们的沉默表现了忠于祖国的精神。

个命令，接着挪开了椅子，离两个阶下囚远了一点儿。十几个士兵过来了，站在二十步开外的地方，枪柄紧靠在脚边。

军官又说："我再给你们一分钟，你们休想再多一秒钟了。"

他突然站起来，走到他们俩跟前，把莫里索拉到一旁，低声说："快，把口令告诉我，你的同伴是不会看出来的，我可以假装是心软了把你们放走的。"

> 军官的话透露出严厉，同时也强调了时间的紧迫。

莫里索一言不发。

普鲁士人，又把索瓦日拉到一旁，对他说了同样的话。

索瓦日同样一言不发。

他们两人并肩站在一起。

普鲁士军官一声令下，士兵们举起了枪。

> 莫里索和索瓦日为什么一言不发？显然是听了军官的那一番话，感动得说不出话来。

莫里索的眼光碰巧落在草地上那只盛满了小鱼的网兜上。

阳光照得这些活蹦乱跳的鱼闪闪发亮。他心里突然一酸，两眼里充满了泪。

他结结巴巴地对索瓦日说："索瓦日先生，永别了。"

索瓦日先生也回答说："永别了，莫里索先生。"

他俩握了握手，全身禁不住一阵颤抖。

军官叫了一声："开火！"

十二支长枪一声齐发。

> 写出了两个朋友高尚的爱国主义精神和视死如归的气节，生动地塑造了两个平凡而又可爱可敬的巴黎人的形象。

索瓦日脸孔向下，扑倒在地。莫里索身材很高大，摇晃着转动了一下，仰面倒在他的朋友身上，血从被打穿了制服的胸前汩汩流出。

德国佬又下了几道命令。

士兵们听命马上散开，找来了绳索与石头，把石头捆在两个死者的脚下，然后把他们抬到河岸边。

瓦莱利昂山上不断发出大炮的响声，整座山都笼罩在硝烟之中。

两个士兵抬起莫里索的头部和脚部，另外两个士兵抬起索瓦日，用劲荡了几下扔向远处。于是，两具尸体呈弧状被扔进了河里，捆着石头的脚部先朝下，然后把尸体拽进了水中。

河水溅了起来，翻腾了一会儿，又恢复了平静，一圈圈涟漪向两岸扩展开来。

水面上漂着一些血迹。

那个军官一直表现得泰然从容，这时，低声说了一句："现在，该轮到那些鱼了。"

说着，他朝那所房子走去。

他提起草地上那一网兜鱼，端详了一下，露出微笑，大声叫道："威廉你过来！"

一个系着白围裙的士兵跑过来。那军官把那一网兜鱼扔给他，说道："趁这些鱼还活着，你赶快给我煎一煎，味道一定很鲜美。"

说完，他开始抽烟。

泰然从容：形容心情安定，不慌不忙。从容：镇静；沉着。

▌情境赏析▐

如果把这个短篇比喻为一个活动的画卷，那么，可以说它有四个中心画面：即战争中两个朋友在巴黎街头闲荡，战前垂钓的乐趣，战火下冒险的追求以及被俘后的高尚气节。

▌名家点评▐

莫泊桑的作品，常常通过选取日常生活中极其平凡、极其普通的故事来揭示深刻社会。他善于掘取滔天巨浪中的一朵普通的小浪花，以小见大，以一当十，从地税中窥见太阳的光芒。

——鲁迅

贝多芬悠扬的《月光曲》不仅为他赢得了世界荣誉，更奠定了他在音乐领域不可动摇的崇高地位，而且乐曲所描绘的美丽、宁静、温柔、清朗的月色给世人带来轻柔的美感体验。同样，莫泊桑用文字也为世界文库提供了一幅极为杰出的月景画。不同的是，这里的月景是动摇顽固的禁欲主义的唯一力量。

马里尼昂长老完全配得上他这个富有战斗意义的姓氏。他是一个瘦高个子的神父，具有狂热的信仰，他的心灵永远在激动兴奋之中，但为人正直。他所信仰的一切都是坚定不移的，从来没有动摇过。他真心实意地认为自己了解他的天主，洞悉天主的图谋、愿望和意旨。

他迈着大步在他那小小的乡下住宅的小径上散步，脑子里有时会涌出这样一个疑问："天主为什么这样做？"他于是在思想上处在天主的地位，坚持不懈地寻找原因，而几乎每次都能找到。他绝不会在一阵虔诚的自卑感的推动下喃喃地念叨："主啊，您的意图是不可知的。"他心里想："我是天主的仆人，我应该知道他行动的理由，如果不知道，就应该把它猜出来。"

在他看来，大自然中的一切都是按照一种绝对的、奇妙的逻辑创造出来的。有一个"为什么"，就有一个"因为"，它们永远是互相平衡的。创造晨曦是为了使人们一觉醒来感到身心舒畅；创造白日是为了使庄稼成熟；创造雨水是为了浇灌庄稼；创造黄昏是为了促进睡意；创造黑夜是为了安眠。

马里尼昂把没有目的的大自然变化，看成是上帝指挥的结果，表现了他对宗教的迷信，认为上帝创造一切，主宰一切。

四个季节完完全全适应着农业上的各种需要，这位神父绝不会怀疑大自然是没有意图的，而且相反，一切有生命的东西全都适应着各个时期、各种气候以及物质的严峻的必然性。

但是他憎恨女人，不自觉地憎恨她们，本能地蔑视她们。他经常重复基督说过的那句话："女人，在你我之间有哪点共同之处？"他还补充这么一句："简直可以说，天主也对他自己的这一个创造感到不满意。"在他看来，女人正是诗人说的那个十二倍不纯洁的孩子。她是勾引第一个男人的诱惑者，并且一直在继续干着这种诱人下地狱的工作，她是软弱的，危险的，不可思议的迷惑人的生物。他恨她们的引人堕落的肉体，更恨她们的多情的心灵。

他常常感觉到她们对他怀着的柔情，尽管他知道自己是攻不破的，但是看到她们身上颤动着的这种爱的需要，他还是要气愤填胸。

照他的看法，天主创造女人仅仅是为了诱惑男人，考验男人。跟她们接近的时候必须抱着防御性的谨慎态度和身临陷阱的警惕心情。她们向男人伸着胳膊，张着嘴唇的时候，确实就跟一个陷阱完全一样。

他只是对修女们还能宽容，她们许过的心愿，已经使她们不会伤害人了；但是他对待她们也还是很严厉的，因为他感觉得到那种永恒不灭的柔情在她们受到禁锢的内心深处，在她们谦卑的内心深处仍然活着，甚至还朝着他流露出来，尽管他是个神父。

这种柔情，他能在她们比男修士们更虔诚的湿润的眼光里感觉到，他能在她们夹杂着她们的性的成分的出神入化中感觉到，他能在她们对基督的热烈爱慕中感觉到，而正是这种爱慕使他愤懑，因为这毕竟是女人的爱，肉体的爱。甚至

马里尼昂把资产阶级道德堕落，品质恶劣的根源归于女人，表现了他的是非不分和仇恨一切女人的情感。

在她们驯顺的态度里，在她们跟他说话时的温柔语声中，在她们低垂的眼睛里，在她们受到他严厉责备时忍着委屈流出来的眼泪中，他都能感觉到这种可诅咒的柔情。

他每次走出女修道院，都要抖一抖他的道袍，并且迈开大步匆匆走开，好像是要逃避什么危险似的。

他有一个外甥女，跟着母亲住在附近的一所小房子里。他决心要让她当修女。

她长得好看，轻率，好嘲笑人。长老训斥的时候，她就嘻嘻地笑；他要是对她发怒，她就使劲地吻他，把他紧紧地搂在心口上。这时候他就会不知不觉地竭力从这个拥抱里挣脱出来，然而这个拥抱还是使他享受到一种甜蜜的快乐，在他的心坎里唤醒了在每个男子身上沉睡着的那种父爱的情感。

他常常在田野的路上，和她并排走着的时候，跟她谈论天主，他的天主。她几乎不听他说，她在望着天，望着草，望着花，从她的眼里可以看出她生活得很幸福。有时候她扑过去，捉住一只飞着的虫子带回来，喊道："看啊，舅舅，它有多么美丽，我真想吻它一下。"这种吻飞虫，或者吻丁香菁葖的需要使神父感到不安、气恼和愤怒，因为他在这儿又认出了在女人心坎里总是会发芽的那种无法断根的柔情。

圣器室管理人的老婆替马里尼昂长老操持家务。有一天她委婉地告诉他说，他的外甥女有了情人。

他感到万分激动，站在那儿连气都透不过来了，满脸的肥皂沫，因为他正在刮脸。

等到他恢复过来，能够思索，能够说话以后，他高声喊了起来："这不是真的，你撒谎，梅拉尼！"

可是那个乡下女人把手按在心口上，说："我要是撒谎，让天主惩罚我，神父先生。告诉您，每天晚上您的姐姐一睡下，她就去了。他们在小河边上碰头。您只要在晚上十点到

出乎意料的巧合，反映了作者对细节的选择与描写，更有感染性。

菁葖（gūtū）：骨朵儿。

十二点之间去看看就行了。"

　　他停止了刮下巴，急急匆匆地走了起来，在严肃思考的时候，他总是这样走来走去的。等到他再想起了刮胡子，从鼻子到耳朵接连割破了三刀。

愤懑(fènmèn)：
气愤；抑郁不
平。

　　这一整天，他满肚子愤懑和怒火，没有说一句话。除了作为神父，面对着无法战胜的爱情，而感到的愤怒以外，还加上作为道义上的父亲、监护人、灵魂导师被一个孩子欺骗、瞒哄、捉弄时产生的激怒，也就是做女儿的向父母宣布她在瞒着他们，不管他们愿意不愿意的情况下，替自己选中了一个丈夫时，自私的父母会有的那种叫人喘不过气来的暴怒。

　　吃完晚饭，他试着读一点儿书，但是办不到，他的怒火越来越大。十点刚敲过，他就拿起他的手杖，那是一根可怕的橡木棍子，每逢夜里出去看望病人他总拿着它。他微笑着看了看这根粗大无比的木棍，使出他那乡下人的强大的腕力，气势汹汹地抡了几个圈儿。然后他突然举起棍子来，咬牙切齿地打在一把椅子上，椅背登时裂开倒在地板上。

"惊讶"一词，表
明此时此地的
景致与他阴暗
的心情极端不
协调而引起的
反应。

　　他推开门出去，可是他在门口停住了，使他感到无比惊讶的是那一片几乎从来没有见过的皎洁的月光。

　　他具有狂热的灵魂，很可能基督教早期的教会圣师，那些富于梦想的诗人，就有这样的灵魂。眼前一片白茫茫的夜色，那种崇高而宁静的美一下子打动了他，使他感到心神不定了。

　　他的小花园整个儿沉浸在温柔的光芒里，排列成行的果树把刚换上绿装的细枝的阴影投落在小径上；爬在屋墙上的大忍冬藤，吐着香喷喷、甜津津的气息，使得温暖清明的夜里好像有一个芳香馥郁的灵魂在飘荡着。

　　他大口大口地呼吸起来，像醉汉喝酒似的喝着空气，慢腾腾地往前走去，心里充满了喜悦和惊奇，几乎忘掉了他的外甥女。

他一到田野上，就立刻停了下来欣赏整个平原，它沉浸在这温柔的光辉里，淹没在这宁静的夜的情意绵绵的魅力里。青蛙一刻不停地把它们短促而响亮的鸣声投向空间；远处的夜莺把它们那种使人耽于幻梦而不促使人深思的婉转歌声，为配合接吻而发出的轻盈而颤抖的歌声混杂在月光的迷人的魅力之中。

长老又走了起来，自己不知是为什么，竟然失去了勇气。他觉得自己好像忽然衰弱了，一点儿气力也没有了；他一心只想坐下，留在那里，从天主的创作中去思索、赞美天主。

那边，沿着那条曲折的小河，有一行蜿蜒不绝的杨柳。在河岸的周围和上空，悬着一片薄雾，一片白色的水汽，月光穿过它，使它变成银白色，闪闪地发光，那弯弯曲曲的河道整个儿像是包在一种轻飘的、透明的棉絮里。

通过景物描写来展示人物性格，烘托人物内心的情感。一幅情景交融的动人艺术画面油然而生。

神父又停了下来，他心灵深处受到的感动越来越强烈，使他无法抵挡。

可是他还有一种怀疑，一种叫不出名堂的焦虑，他觉得他往常给自己提出的那些问题中的一个现在又在他心里出现。

天主为什么这样做？既然黑夜是为了睡眠，为了无思无虑，为了休息，为了忘掉一切而造的，那么为什么要把它造得比白昼更可爱，比黎明和黄昏更温柔呢？而这颗缓缓而行的具有魅力的星球，比太阳富有诗意，是那么安分知趣，好像是专为照那些对强烈的阳光来说过于微妙、过于神秘的东西而设的，为什么它却来把黑暗照得那么通体透明呢？

为什么那些鸣禽中最善鸣的鸟儿，不跟别的鸟儿一样休息，偏偏在恼人的阴影高声歌唱？

为什么在世上投下这半明不暗的薄纱？为什么心儿这样颤动，灵魂这样激动，肉体这样疲惫？

既然人们睡在床上，看不见了，为什么还要显示这些诱人的东西？这崇高的美景，这从天上降落到人间的大量的诗情画意究竟是为什么人安排的呢？

长老实在理解不了。

可是你看那边，草地的边上，在亮闪闪的薄雾笼罩中的那两行大树的拱形树荫下出现了两个人影，他们肩并肩地走着。

男的个子比较高，搂着他那女伴的脖子，时不时吻她的前额。这静止不动的景致，好像是专为他俩安排下的一个美妙的背景，把他俩包围起来，他们的出现突然使得那景致有了生气。他们两个人看上去好像合成了一个人，这个宁静沉寂的夜正是为这一个人预备的；他们朝着神父缓缓走来，宛如一个活的答案，正是他的天主答复他那个疑问的答案。

他站在那里，心怦怦跳着，不知所措，他仿佛看见了《圣经》上的事，就像路得和波阿斯的相爱出现在眼前，天主的意志在圣书所描写过的伟大的背景中实现了。他的脑子里嗡嗡响起了《雅歌》中的诗句，响起了热情的呼声，肉体的召唤，充满了爱情的那首诗中全部火热的诗意。

他默默思道："上帝造这些夜也许就是为了把人间的爱情掩护在理想的意境里。"

他在这对互相拥抱着走路的情人前面朝后退。那个女的正是他的外甥女，不过现在他考虑的并不是会不会违反天主的意旨。天主既然明显地用了这样的光辉围绕爱情，难道不允许有爱情吗？

他逃走了，不但心慌意乱，而且几乎感到羞愧，就仿佛他曾经闯入了一座他无权进入的庙堂。

揭露了宗教的唯心主义实质，嘲讽了马里尼昂逻辑上的自相矛盾。

▌情境赏析▐

"月色"在人类文学中受到歌咏何止千百次，但它被用来反对禁欲主义，似乎还是第一遭，这正是莫泊桑这个短篇小说构思奇妙的所在。他让这位教长在月色中感受到美、宁静、温柔和清朗，又让他从这一系列美感体验到生活的奇妙，万物的协调，而远处出现的那一对情人又和眼前这一片奇美的景色浑然一体，水乳交融，于是这个教长产生了一种——请允许我们用一个文艺心理学的术语——"通感"，他第一次感到了爱情原来是那么美、宁静、温柔和清朗，像那迷人的月夜一样。既然他是一个笃信宗教的教士，他自然也就第一次认定了"爱"这一美好的事物，也可能是出于上帝的奇妙安排，他长期以来坚持的观念就这样彻底崩溃了。

▌名家点评▐

初读莫泊桑的《月色》，毫无头绪；再读，稍有兴致；细读，好好探究一番作者的巧手运营、妙笔谋篇，真如置身于皎洁月色之下，通体清爽。

——朱自清

法国的勒阿弗尔港与纽约相隔大西洋，大洋彼岸的机会与财富曾引起许多人的艳羡，于勒便是其中的一个。然而这个游子却辜负了亲朋好友的期望，不但没有回来散发绿票子，反而境遇近于乞丐。这时，人生百态便尽现眼前了。

个白胡子穷老头儿向我们讨钱，我的同伴约瑟夫·达夫朗什竟给了他一个五法郎的银币，我感到很惊奇。他于是对我说："这个穷汉使我回想起了一件事，这件事我一直记在心上，念念不忘，我这就讲给您听。"事情是这样的：

我的家庭原籍勒阿弗尔，并不是有钱人家，也就是勉强凑合罢了。我的父亲做着事，很晚才从办公室回来，挣的钱不多。我有两个姐姐。

我的母亲对我们的拮据生活感到非常痛苦，她常常找出一些尖酸刻薄的话，一些含蓄、恶毒的责备话发泄在我的父亲身上。这个可怜人这时候总做出一个手势，叫我看了心里十分难过。他总是张开了手摸一下额头，好像要抹去根本不存在的汗珠，并且总是一句话也不回答。我体会到他那种无可奈何的痛苦。那时家里样样都要节省：有人请吃饭是从来不敢答应的，以免回请；买日用品也是常常买减价的和店铺里铺底的存货；姐姐们自己做衣服，买十五个铜子一米的花边，常常还要在价钱上讨论半天；我们日常吃的是肉汤和各种做法的牛肉，据说这又卫生又富于营养，不过我还是喜欢吃别的东西。

我要是丢了纽扣或是撕破了裤子，那就要狠狠地挨一顿骂。

可是每星期日我们都要衣冠整齐地到防波堤上去散步。我的父亲穿着礼服，戴着礼帽，套着手套，让我母亲挽着胳膊，我的母亲打扮得五颜六色，好像节日悬挂万国旗的海船。姐姐们总是最先打扮整齐，等待着出发的命令，可是到了最后一刻，总会在一家之主的礼服上发现一块忘记擦掉的污迹，于是赶快用旧布蘸了汽油来把它擦掉。

我的父亲于是头上依旧顶着大礼帽，只穿着背心，露着两只衬衫袖管，等着这道手续做完；在这时候，我的母亲架上了她的近视眼镜，脱下了手套免得弄脏，忙得不亦乐乎。

全家很隆重地上路了。姐姐们挽着胳膊走在最前面。她们已经到了出嫁的年龄，所以常带她们出来叫城里人看看。我依在我母亲的左边，我父亲在她的右侧。我现在还记得我可怜的双亲在星期日散步时候那种正颜厉色、举止庄重、郑重其事的神气。他们挺直了腰，伸直了腿，迈着沉着的步伐向前走着，就仿佛他们的态度举止关系着一桩极端重要的大事。

每个星期日，只要一看见那些从辽远的陌生地方回来的大海船开进港口，我的父亲总要说他那句从不变更的话：

“唉！如果于勒就在这条船上，那会多么叫人惊喜呀！”

我父亲的弟弟于勒叔叔是全家唯一的希望，而在这以前曾经是全家的祸害。我从小就听家里人谈论这位叔叔，我对他已是那样熟悉，大概一见面就能立刻认出他来。他动身到美洲去以前的生活，连细枝末节我都完全知道，虽然家里人谈起他这一段生活总是压低了声音。

据说他当初行为很不端正，就是说他曾经挥霍过一些钱财，这在穷人的家庭里是罪恶当中最大的一种。在有钱人的家里，一个人吃喝玩乐无非算是糊涂荒唐。大家笑嘻嘻地称呼他一声花花公子。在生活困难的家庭里，一个人要是逼得父母动老本儿，那他就是一个坏蛋，一个流氓，一个无赖了。

虽然事情是一样的事情，这样区别开来还是对的，因为行为的好坏，只有结果能够决定。

总之，于勒叔叔把自己应得的那部分遗产吃得一干二净之后，还大大减少了我父亲所指望的那一部分。

按照当时的惯例，他被送上一只从勒阿弗尔开往纽约的商船，到美洲去了。

一到了那里，我这位于勒叔叔就做上了不知什么买卖，不久就写信来说他赚了点钱，并且希望能够赔偿我父亲的损失。这封信在我的家庭里引起了极大的震动。于勒，大家都认为分文不值的于勒，一下子成了正直的好人，有良心的人，达夫朗什家的好子弟，跟所有达夫朗什家的子弟一样公正无欺了。

有一位船长又告诉我们，说他已租了一所大店铺，做着一桩很大的买卖。

两年后又接到第二封信，信上说：

我亲爱的菲利普，我给你写这封信是免得你担心我的健康，我身体很好。买卖也好。明天我就动身到南美去做一次长期旅行，也许要好几年不给你写信。如果真的不给你写信，你也不必担心。我发了财就会回勒阿弗尔的。我希望为期不会太远，那时我们就可以一起快活地过日子了……

这封信成了我们家里的福音书。一有机会就要拿出来念，见人就拿出来给他看。

果然，十年之内于勒叔叔没有再来过信，可是我父亲的希望却在与日俱增；我的母亲也常常这样说：

"只要这个好心的于勒一回来，我们的境况就不同了。他可真算得一个有办法的人！"

于是每个星期日，一看见大轮船向上空喷着蜿蜒如蛇的黑烟，从天边驶过来的时候，我父亲总是重复说他那句永不变更的话：

"唉！如果于勒就在这条船上，那会多么叫人惊喜呀！"

简直就像是马上可以看见他手里挥着手帕叫喊：

"喂！菲利普！"

叔叔回国这桩事十拿九稳，大家拟定了上千种计划，甚至于计划到要用这位叔叔的钱在安古维尔附近置一所别墅。我不敢肯定我的父亲是不是已经就这件事进行过商谈。

我的大姐那时二十八岁，二姐二十六岁。她们还没有结婚，全家都为这件事十分发愁。

后来终于有一个看中二姐的人上门来了。他是一个公务员，没有什么钱，但是诚实可靠。我总认为这个年轻人下决心求婚，不再迟疑，完全是因为有一天晚上我们给他看了于勒叔叔的信的缘故。

我们家赶忙答应了他的请求，并且决定婚礼之后全家都到泽西岛去小游一次。

泽西岛是穷人们最理想的游玩地点，路并不远；乘小轮船渡过了海，便到了外国的土地上，因为这个小岛是属于英国的。因此，一个法国人只要航行两个钟头，就可以到一个邻国去看看这个民族，并且研究一下在大不列颠国旗覆盖下的这个岛上的风俗，那里的风俗据说话直率的人说来是十分不好的。

泽西岛的旅行成了我们朝思暮想，时时刻刻盼望、等待的一件事了。

我们终于动身了。我现在想起来还像是昨天刚发生的事：轮船靠着格朗维尔码头生火待发；我的父亲慌慌张张地监视着我们的三个包袱搬上船；我的母亲不放心地挽着我那未嫁姐姐的胳膊。自从二姐出嫁后，我的大姐就像一窝鸡里剩下的一只小鸡一样有点丢魂失魄；在我们后边是那对新婚夫妇，他们总落在后面，使我常常要回过头去看看。

汽笛响了。我们已经上了船，轮船离开了防波堤，在风平浪静，像绿色大理石桌面一样平坦的海上驶向远处。我们看着海岸向后退去，正如那些不常旅行的人们一样，感到快活而骄傲。

　　我的父亲高高挺着藏在礼服里面的肚子，这件礼服，家里人在当天早上仔细地擦掉了所有的污迹，此刻在他四周散布着出门日子里必有的汽油味；我一闻到这股气味，就知道星期日到了。

　　我的父亲忽然看见两位先生在请两位打扮很漂亮的太太吃牡蛎。一个衣服褴褛的年老水手拿小刀撬开牡蛎，递给了两位先生，再由他们传给两位太太。他们的吃法也很文雅，一方精致的手帕托着蛎壳，把嘴稍稍向前伸着，免得弄脏了衣服；然后嘴很快地微微一动就把汁水喝了进去，蛎壳就扔在海里。

　　在行驶着的海船上吃牡蛎，这件文雅的事毫无疑问打动了我父亲的心。他认为这是雅致高级的好派头儿，于是他走到我母亲和两位姐姐身边问道：

　　"你们要不要我请你们吃牡蛎？"

　　我的母亲有点迟疑不决，她怕花钱；但是两位姐姐马上表示赞成。我的母亲于是很不痛快地说：

　　"我怕伤胃，你买给孩子们吃好了，可别太多，吃多了要生病的。"

　　然后转过身对着我，她又说：

　　"至于约瑟夫，他用不着吃了，别把小孩子惯坏了。"

　　我只好留在我母亲身边，心里觉得这种不同的待遇很不公道。我一直望着我的父亲，看见他郑重其事地带着两个女儿和女婿向那个衣服褴褛的老水手走去。

　　先前的那两位太太已经走开，我父亲就教给姐姐怎样吃才不至于让汁水洒出来，他甚至要吃一个做做样子给她们看。他刚一试着模仿那两位太太，就立刻把牡蛎的汁水全溅在他的礼服上，我于是听见我的母亲嘟囔着说：

　　"何苦来！老老实实待一会儿多好！"

　　不过我的父亲突然间好像不安起来；他向旁边走了几步，瞪着眼看着挤在卖牡蛎的身边的女儿女婿，突然他向我们走了回来。他的脸色似乎十分苍白，眼神也跟寻常不一样。他低声对我母亲说：

"真奇怪！这个卖牡蛎的怎么这样像于勒！"

我的母亲有点莫名其妙，就问：

"哪个于勒？"

我的父亲说：

"就……就是我的弟弟呀……如果我不是知道他现在是在美洲，有很好的地位，我真会以为就是他哩。"

我的母亲也怕起来了，结结巴巴地说：

"你疯了！既然你知道不是他，为什么这样胡说八道？"

可是我的父亲还是放不下心，他说：

"克拉丽丝，你去看看吧！最好还是你去把事情弄个清楚，你亲眼去看看。"

她站起身来去找她两个女儿。我也端详了一下那个人。他又老又脏，满脸都是皱纹，眼睛始终不离开他手里干的活儿。

我的母亲回来了。我看出她在哆嗦。她很快地说：

"我看就是他。去跟船长打听一下吧。可要多加小心，别叫这个小子又回来缠上咱们！"

我的父亲赶紧去了，我这次可跟着他走了。我心里感到异常激动。

船长是个大高个儿，瘦瘦的，蓄着长长的颊须，他正在驾驶台上散步，那不可一世的神气，就仿佛他指挥的是一艘开往印度的大邮船。

我的父亲客客气气地和他搭上了话，一面恭维一面打听与他职业上有关的事情，例如：泽西是否重要？有何出产？人口多少？风俗习惯如何？土地性质如何等。

不知道内情的人还以为他们谈论的至少是美利坚合众国哩。

后来终于谈到我们搭乘的这只船"快速号"，接着又谈到船员。最后我的父亲才有点局促不安地问：

"您船上有一个卖牡蛎的，看上去倒很有趣。您知道点儿这个人的底细吗？"

船长最后对这番谈话感到不耐烦了，他冷冷地回答：

"他是个法国老流浪汉，去年我在美洲碰到他，就把他带回国。据说他在勒阿弗尔还有亲戚，不过他不愿回去找他们，因为他欠着他们钱。他叫于勒……姓达尔芒什，或者是达尔旺什，总之是跟这差不多的那么一个姓。听说他在那边曾经一度阔绰过，可是您看他今天落魄到了什么地步。"

我的父亲脸色煞白，两眼呆直，嗓子发哽，说：

"啊！啊！好……很好……我并不感到奇怪……谢谢您，船长。"

他说完就走了，船长困惑不解地望着他走远了。

他回到我母亲身旁，神色是那么张皇，母亲赶紧对他说：

"你先坐下吧！别叫他们看出来。"

他一屁股就坐在长凳上，嘴里结结巴巴地说着：

"是他，真是他！"

然后他就问：

"咱们怎么办呢？"

我母亲马上回答：

"应该把孩子们领开。约瑟夫既然已经全知道了，就让他去把他们找回来。千万要留心，别叫咱们女婿起疑心。"

我的父亲好像吓傻了，低声嘟哝着：

"真是飞来横祸！"

我的母亲突然大发雷霆，说：

"我早就知道这个贼不会有出息，早晚会再来缠上我们！倒好像一个达夫朗什家里的人还能让人抱什么希望似的！"

我父亲用手抹了一下额头，正如平常受到太太责备时那样。

我母亲接着又说：

"把钱交给约瑟夫，叫他赶快去把牡蛎钱付清。已经够倒霉的了，要是再被这个讨饭的认出来，在这船上可就有热闹看了。咱们到船那头去，注意别叫那人挨近我们！"

　　她站了起来，他们在给了我一个五法郎的银币以后，就走了。

　　我的两个姐姐等着父亲不来，正在纳闷。我说妈妈有点晕船，随即问那个卖牡蛎的：

　　"应该付您多少钱，先生？"

　　我真想喊他："我的叔叔。"

　　他回答：

　　"两个半法郎。"

　　我把五法郎的银币给了他，他把找头找回给我。

　　我看了看他的手，那是一只满是皱痕的水手的手，我又看了看他的脸，那是一张贫困衰老的脸，满面愁容，疲惫不堪，我心里默念道：

　　"这是我的叔叔，父亲的弟弟，我的亲叔叔。"

　　我给了他半个法郎的小费，他赶紧谢我：

　　"上帝保佑您，我的年轻先生！"

　　说话的声调是穷人接到施舍时的声调。我心想他在那边一定要过饭。

　　两个姐姐看我这么慷慨，觉得奇怪，仔细地端详着我。

　　等我把两法郎交给我父亲，母亲诧异起来，问：

　　"吃了三个法郎？……这不可能。"

　　我用坚定的口气宣布：

　　"我给了半个法郎的小费。"

　　我的母亲吓了一跳，瞪着眼睛望着我说：

　　"你简直是疯了！拿半个法郎给这个人，给这个无赖！……"

　　她没有再往下说，因为我的父亲望望女婿对她使了个眼色。

　　后来大家都不再说话。

　　在我们面前，天边远远地仿佛有一片紫色的阴影从海里钻出来。那就是泽西岛了。

　　当船驶到防波堤附近的时候，我心里产生了一种强烈的愿望：我想再看一次我的叔叔于勒，想到他身旁，对他说几句温暖的安慰话。

　　可是他已经不见了，因为没有人再吃牡蛎；毫无疑问，他已回到他所住的那龌龊的舱底了，这个可怜的人啊！

　　我们回来的时候改乘圣玛洛号船，以免再遇见他。我的母亲一肚子心事愁得了不得。

　　我再也没见过我父亲的弟弟！

　　今后您还会看见我有时候要拿一个五法郎的银币给要饭的，其缘故就在此。

鲁迅的小说《祝福》中的人物祥林嫂是人们熟悉的形象，小说的主题"抨击'吃人的礼教'"正好契合了当时社会的人情冷暖。《绳子》这篇小说同样是在法国诺曼底小镇粗野却可爱的风景中展现了简直"近于没有事情的悲剧"。

戈代维尔周围的每一条大路上，都有农民带着妻子朝这个镇走来，因为这一天是赶集的日子。男人们迈着不慌不忙的步伐，长长的罗圈腿跨一步，整个上身就向前探一探。他们的腿所以会变成畸形是因为劳动很艰苦：压犁的时候，左肩耸起，同时身子要歪着；割麦的时候，为了要站稳，保持平衡，两膝要分开，总之是因为那些既慢而吃力的田间活儿。他们的蓝布罩衫，浆得又硬又亮，好像上了一层清漆，领口和袖口还用白线绣着花纹，罩在他们瘦骨嶙峋的上半身上鼓得圆圆的，活像一个要飞上天空的气球，只多了露在外面的一个脑袋，两条胳膊和两只脚。

有的人牵着一头母牛或者一头小牛。他们的妻子跟在牲口后面，用一根还带着叶子的树枝抽打牲口的腰部，催牲口快走。她们胳膊上挎着个大篮子，从篮子里这边钻出几个雏鸡的头，那边钻出几个鸭子的脑袋。她们走路，步子比男人们的步子小，但是急促，干瘪的身子挺得笔直，披着一块又窄又小的披肩，用别针别在扁平的胸脯上；头上贴发裹着块白布，上面再戴一顶软便帽。

一辆带长凳的载人大车过去，拉车的那匹小马一颠一蹦地紧跑着，颠得两个并排坐着的男人和一个坐在车后面的女人东倒西歪，那个女人为了减轻猛烈的颠簸，紧紧地抓着车沿。

戈代维尔的广场上，人和牲口混夹在一起，十分拥挤。只见牛的犄角，富裕农民的长毛绒高帽子和乡下女人的便帽在集市上攒动。尖锐刺耳的喊叫声形成一片持续不断的喧哗，在这片喧哗声上偶尔可以听见一个心情快乐的乡下汉从健壮的胸膛里发出的大笑声，或者是拴在一所房子墙脚下的母牛发出的一声长鸣。

这儿的一切都带着牛圈、牛奶、厩肥、干草和汗水的气味，并且散发着人体和牲口身上，特别是庄稼汉身上冒出来的那种难闻的酸臭味儿。

布雷奥泰村的奥什科纳老爹刚刚来到戈代维尔，他正向广场走去，忽然看见地上有一小段细绳子。作为地道的诺曼底人，他十分节俭，认为凡是有用的东西都应该拾起来。他很吃力地弯下腰去，因为他有风湿病。他从地上捡起了那段细绳子，正预备仔细地缠起来，看见马具皮件商玛朗丹站在店门口望着他。他们过去曾经为了一根笼头吵过架，两个人都是记仇的人，至今也没有言归于好。偏偏让仇人看见自己在烂泥里捡一根绳子，奥什科纳老爹觉得很丢脸，连忙把捡到的东西藏在罩衫下面，紧跟着又藏进裤子口袋；后来又假装在地下找寻什么东西，找来找去没有找到，就佝偻着害风湿病的腰，脑袋向前冲着，朝市场走去。

一会儿工夫他就夹在人群里不见了。赶集的人你喊我叫，缓缓移动，因为永无休止的讨价还价而变得十分激动。那些乡下人拿手摸摸母牛，走了以后又回来，三心二意，老是怕受骗上当，一直不敢决定，偷偷地注意卖主的眼神，不断地想要识破卖主的诡计，找出牲口的毛病。

女人们把大篮子放在脚边，从篮子里掏出眼神慌张、冠子通红、捆住脚的家禽，搁在地上。

她们听了还的价钱，不动声色，冷冰冰地坚持卖原价；或者突然间决定同意还的价钱，向那个正在慢慢走开的买主喊道：

"就这样吧，昂蒂姆大爷，我卖给你了。"

广场上人渐渐少了，教堂敲响午祷的钟声，家离得太远的人分散到各家客店里去。

　　茹尔丹开的那家客店的大厅里挤满了吃饭的人，宽阔的院子里也停满各式各样的车子，有平板车，有两轮篷车，有带长凳的坐人的四轮车，有轻便车，还有一些叫不出名堂的车子，沾满黄泥，变了形，走了样，而且东贴一块，西补一块，有的车辕像两条胳膊似的朝天举着，有的鼻子挨地，屁股朝天。

　　吃饭的人都已经坐下，壁炉离着很近，明亮的炉火，把靠近右面坐着的那排客人的脊背烤得暖烘烘的。三根烤肉铁扦在火上转着，每根扦子上都叉满小鸡、鸽子和羊腿；烤肉的香味和烤焦了的皮上淌着油汁的香味，从炉膛飞出来，使得人们心情愉快，馋涎欲滴。

　　那些庄稼人中间的大亨们都在茹尔丹老板这儿吃饭，茹尔丹又开客店又当马贩子，是个颇有几分机灵的人物。

　　菜一盘一盘地端过来，一盘一盘地吃光，黄色的苹果酒也一罐跟着一罐地喝尽。每个人都要谈一谈自己的生意，谈谈买进卖出的东西。他们也打听庄稼收成的情形。天气对草料来说不算坏，对麦子来说可就差一点儿了。

　　忽然前面院子里，响起了咚咚的鼓声。除了少数几个漠不关心的人以外，大家都立刻站起来，向门口或者窗口奔去，嘴里塞得满满的，手里拿着餐巾。

　　宣读公告的差役敲了一阵鼓以后，就胡乱地读着破句，断断续续地宣读：

　　"兹特通知戈代维尔居民，以及所有……前来赶集的人，有人在伯兹维尔的大路上，于……九、十点钟之间，遗失黑色皮夹子一只，内装五百法郎及商业票据。如有捡得者，请立即送交……镇政府或玛纳维尔的福蒂内·乌尔布雷格先生。当致酬金二十法郎。"

　　说完，这个人就走了。不久，从远处还隐隐约约传来了一次低沉的鼓声和他的叫喊声。

　　于是大家开始议论这件事，推测乌尔布雷格先生有没有机会找回他的皮夹。

午餐吃完了。

大家正喝最后一口咖啡,门前出现了宪兵班长。

他问道:

"布雷奥泰的奥什科纳先生在这儿吗?"

坐在桌子那一头的奥什科纳先生应道:

"我在这里。"

班长说:

"奥什科纳先生,请您跟我到镇政府去一趟,镇长有话要跟您谈谈。"

这个乡下人感到惊讶和不安,一口喝完了他那一小杯酒,站起身来,腰比早上弯得厉害,因为每次休息以后,迈头几步特别困难。他一边走,一边重复说道:

"我在这里,我在这里。"

他跟在班长后面走了。

镇长坐在靠背椅里等他。镇长是当地的公证人,身体肥胖,很严肃,说起话来喜欢夸大其词。

"奥什科纳先生,"他说,"有人看见你今天早晨在伯兹维尔的大路上,拾到玛纳维尔的乌尔布雷格先生遗失的皮夹。"

这个乡下人目瞪口呆地望着镇长,这个莫名其妙落在他头上的嫌疑让他怔住了。

"我,我,我捡到了这个皮夹?"

"是的,就是你本人。"

"我以人格担保,我连看都没看见过。"

"有人看见你捡的。"

"有人看见我捡的?是谁,谁看见的?"

"马具皮件商玛朗丹先生。"

这时候老人才想起来了,明白了,气得脸通红:

"啊!是这个坏家伙看见我捡的!他看见我捡的是这根绳子,您看,就是这一根，镇长先生。"

他在口袋里摸了半天，掏出了那一段细绳子。

不过镇长摇摇头不相信：

"奥什科纳先生，玛朗丹先生是一个可以信赖的人，你没法使我相信他会把这根绳子当成一个皮夹。"

这个乡下人气极了，举起了手，向旁边吐了一口唾沫，表示以他的人格起誓，他又说了一遍：

"这可是千真万确，镇长先生，一点儿不假呀。我可以拿我的灵魂和我灵魂的得救再起一遍誓。"

镇长又说道：

"在捡起以后，你甚至还在烂泥里寻找了好久，看看还有没有掉出来的钱。"

这个老头又是生气又是害怕，简直透不过气来了。

"怎么可以说……怎么可以说……这种谎话，来诬赖一个老实人！怎么可以说……"

他抗议也没有用，对方不相信。

后来让玛朗丹先生来和他对质。玛朗丹先生把他的证词重述了一遍，并且一口咬定。他们两人对骂了一个钟头。根据奥什科纳先生自己的要求，在他身上搜了一遍。什么也没有搜出来。

镇长也很为难，最后只好把他打发走，不过通知他这个案子要报告检察院，听候命令再做处理。

这时，新闻已经传开了。老头儿一走出镇政府，立刻就被人围住，问长问短，有的确实是出于好奇，有的则带着嘲弄的意思，但是没有一个人替他抱不平。他把绳子的故事讲了一遍。谁也不信。大家都觉得好笑。

一路上，他不是被人截住，就是截住他认识的人，一遍又一遍讲他的故事，提出他的抗议，并且把衣袋翻过来叫人看，证明他什么也没有。

那些人对他说：

"老滑头，算了吧！"

他生气，发火，因为没有人相信他而激动、伤心，他也不知道该怎么办才好，只得一个劲儿地讲他的故事。

天黑下来该回家了。他跟三个乡邻一起往回走，路过捡到绳子的地方，他指给他们看那个地方，一路上不停地谈他的这个遭遇。

晚上，他在布雷奥泰村绕了个圈，把他的遭遇讲给大家听。他遇见的人都不信。

他心里难受了一整夜。

第二天，午后一点钟左右，在依莫维尔的布雷东先生的农庄里当长工的马里于斯·波梅尔把皮夹连同里面装的东西一齐送还给玛纳维尔的乌尔布雷格先生。

据这个长工说，他确实是在大路上拾到的，因为不识字，他就带回去交给了东家。

这个消息传到了四乡。奥什科纳老大爷也听说了。他立刻到各处转悠，把他那个有了结局的故事讲给大家听。他胜利了。

"叫我痛心的，"他说，"倒不是事情本身，明白吗，而是那胡说八道的谎话。再没有比谎话更害人的了，它害得你受到公众的指责。"

这一整天，他都谈论他这件意外遭遇，他在大路上讲给来往的行人听，他在酒馆里讲给喝酒的人听；到了星期日，他还到教堂门口讲给望罢弥撒的人听。就是不认识的人，他也会拦住他们，讲给他们听。现在他算是放下心了，不过总还有点不知什么东西使他感到别扭。听他讲故事的人，脸上总带着开玩笑的神色，看上去好像不相信。他还似乎觉得背后总有人在嘀嘀咕咕。

下一个星期二，他需要把他的事解释清楚，特地到戈代维尔去赶集。

玛朗丹站在自己门口，看见他走过，就笑了起来。这是为什么呢？

他找克里格托的一个农庄主人说，可是那个人不容他说完，就在他心口上拍了一下，冲着他的脸喊道："老滑头，算了吧！"然后就转过身子走了。

奥什科纳先生目瞪口呆，并且越来越感到不安了。为什么叫他"老滑头"?

他到了茹尔丹客店，落了座以后，他又开始解释他的事。

蒙蒂列埃的一个马贩子对他大声喊道：

"得了！得了！老狐狸，你那根绳子我早就知道了。"

奥什科纳结结巴巴地说：

"那个皮夹不是已经找着了吗？"

那个人又说：

"别往下说了，我的老大爷，捡的是一个人，送还的是另一个人。神不知，鬼不觉嘛。"

这个庄稼人憋得透不出气来。他终于恍然大悟。原来他们认为他支使一个伙伴，一个同谋者把皮夹交了回去。

他还想辩驳，座上的人都大笑起来。

他没法吃完他的这顿饭，在一片嘲笑声中走了。

他回到家，又羞又气，怒火和羞耻锁住了他的喉咙，憋得透不出气；使他特别感到苦恼的是，他具有诺曼底人的狡猾，人家指责他的事，他是做得出来的，甚至还会自鸣得意，夸耀自己手段高明呢。他模模糊糊地觉得他的清白无罪是无法证明的了，因为自己的机灵奸巧是无人不知的。他觉得蒙了这种不白之冤，简直像当胸挨了一刀。

他于是又讲他的遭遇，每天都要把故事拉长一点儿，每次都要增加一些新的理由、一些更有力的声明、一些更庄严的誓词，这些都是他独自一个人的时候琢磨出来、预备好的，因为现在他的脑子里只有绳子这一件事了。他的辩解越是复杂，理由越是巧妙，大家越是不相信他。

他一转身，人们就说："这些都是胡诌出来的理由。"

他感觉到这一切，心里跟油煎似的难受，他仍旧做种种的努力，但白白耗费了精力。

眼看着他一天天憔悴了。

现在那些好耍笑的人为了取乐，反倒要求他讲绳子的故事了，正如人们请士兵讲打仗一样。在彻底的打击下，他的精神衰退了。

十二月底，他病倒在床上。

他死在正月初，临终说胡话的时候还在证明自己是清白无罪的人，不住念叨：

"一根绳子……一根绳子……瞧，就在这儿呢，镇长先生。"

情境赏析

小说开始是一幅法国诺曼底小镇的风情画。小镇弥漫着真正粗野的气息，却又非"原始性"的粗野，而是经过商业化的、因贪欲而呈现出的粗野。小说中的悲剧正是在这种背景下发生的，也有赖这背景才能解释。

导致主人公之死的那件事，像是极其无谓的：奥什科纳不过从泥泞中捡起了一段细绳子，随后发生的情节虽多少有点巧合，却也绝不像是"致命"的。这里致命的是乡镇社会极易煽动的流言。

在文学中，存在着一个歌颂狡猾的传统：法国中世纪市民文学中的列那狐；《十日谈》里各色狡猾人物等。其实狡猾本来与机智只有一步之差，两者都需要以聪明为基础。那么莫泊桑笔下这个狡猾的诺曼底人有哪些可爱之处呢？

我们刚出了卢昂，来到通往朱米埃什的大路上。马儿大步小跑，拉着轻便马车匆匆穿过一片片草地。后来那匹马换成了慢步，爬上康特勒山冈。

那儿的景致可以说是世界上最美丽的了。在我们背后是教堂之城卢昂，那些哥特式钟楼看上去犹如象牙摆设一样精雕细刻。在我们面前是工厂区圣塞威尔，它面对着老城的千百座神圣的钟楼，朝向广阔的天空竖起千百根浓烟滚滚的烟囱。

这边是大主教堂的尖顶，最高的历史古迹。那边是它的对手，蒸汽机的水塔，几乎和它一般高，比埃及最高的金字塔还要高出一米。

塞纳河波浪起伏，在我们前面蜿蜒流过。河中间布满小岛，右岸是白色的悬崖峭壁，顶上是一片森林；左岸是辽阔的草地，很远很远的地方围着草地的是另外一片森林。

河面宽阔，这儿那儿有许多大船沿岸停泊。三艘大轮船一艘跟着一艘朝勒阿弗尔方向驶去；由一艘三桅帆船、两艘

诗一般的语言写出了美好的景致，抒情的气氛很浓。

双桅纵帆船和一艘双桅横帆船组成的船队，被一艘冒着一片黑烟的拖轮拖着，朝卢昂方向溯流而上。

我的同伴是本地人，对这样美好的景致他甚至连一眼也不看，但是他不停地微笑着，好像是在暗自发笑。忽然他嚷了出来："哈哈！您就要看到有趣的东西了，玛蒂厄老爹的教堂，那真是妙不可言，老兄。"

我惊讶地望着他。他接着又说：

"我要让您闻点诺曼底气味，您闻过以后再怎么也不会忘掉。玛蒂厄老爹是全省最典型的诺曼底人；他的教堂，一点儿不夸张，是世界上的奇迹之一。不过我得先给您解释几句。"

玛蒂厄老爹，大家也叫他"酒坛子老爹"，是一个退伍还乡的上士。兵油子的吹牛说大话和诺曼底人的狡猾奸诈，在他身上按奇妙的比例配合在一起，达到了十全十美的地步。他回到家乡以后，靠了多方面的支持和难以置信的聪明能干，在一座十分灵验的教堂当看守人。这座教堂受圣母保护，经常来的主要是那些怀了身孕的女孩子。他给他那个出色的神像起了一个名字叫"大肚子圣母"，他待她十分随便，挖苦嘲弄，却又不失敬重。他为了他的"善心的童贞女"亲手写了一篇别具一格的祈祷文，并且印了出来。这篇祈祷文是无心无意的讽刺的杰作，诺曼底人的幽默风趣的杰作；戏言之中包含着对神圣事物的恐惧，对某种神秘力量的近乎迷信的恐惧。他并不太相信他那个主保圣人；不过为了慎重起见，他多少还是有一点儿相信她，而且为了策略上的需要，他小心翼翼地对付她。

这篇惊人的祷告开头是这样的：

"我们善心的圣母，童贞女玛利亚，本地和全世界未婚母亲们的当然主保圣人，请您保佑您的一时疏忽犯下错误的女

栩栩如生地写出了玛蒂厄老爹的狡猾，体现了莫泊桑语言的鲜明、生动、准确。

仆人吧。"

这篇经文的结尾如下：

"尤其是在您神圣的丈夫面前请您不要忘记我，请您代我向天主圣父求求情，让他赐给我一个像您丈夫一样的好丈夫。"

这篇祈祷文遭到本地的神父们禁止，由他偷偷出售；凡是虔敬地念过它的女人都认为非常有益。

总之，他谈起善心的童贞女，就像在严厉可怕的王公贵人手下当仆人的人谈到主人那样，连最细小的隐秘事儿都一股脑儿讲出来。他知道她许多有趣的事，喝了酒以后，他就在朋友之间低声讲述。

但是您还是自己去看吧。

主保圣人给他带来的收入看来不够他花的，因此他在以童贞女为主的买卖之外又增加一桩以圣人们为辅的小买卖。所有的圣人，或者说，几乎所有的圣人他都有。教堂里没有空地方，他就把他们存放在柴房里，信徒们什么时候需要，他就什么时候去取出来。他亲手制造这些木头小雕像，模样极为滑稽可笑，那一年别人来替他漆房子，他把这些像都一律漆成翠绿色。您也知道，圣人都会治病，但是各有所长，绝对不可以搞混弄错。他们像那些蹩脚戏子一样互相忌妒。

为了不至于弄错，那些老太太来请教玛蒂厄。

"治耳朵病，哪一位圣人最好？"

"当然是圣奥西姆好；还有圣庞菲尔也不坏。"

但是这还不是全部。

玛蒂厄有空闲时间，他一空下来就喝酒。但是他像行家那样，信心十足地喝，照例每天晚上都要喝醉。他喝醉了，但是他自己知道。他知道得十分清楚，甚至每天晚上都

表现了玛蒂厄对圣物毫无虔诚与敬意。

滑稽（jī）：形容（言语、动作）引人发笑。

能记下他酒醉的准确程度。这是他主要的工作，教堂还在其次。

他发明了，请您听好，听仔细，他发明了一种醉度计。

这种仪器并不存在，但是玛蒂厄的观测跟数学家一样精确。

您会听见他不停地说："从星期一起，我已经超过 45 度了。"

或者："我当时在 52 度到 58 度之间。"

或者："我当时确实有 66 度到 70 度了。"

或者："真见鬼，我当时以为是 50 度，可现在我发现是 75 度！"

他从来不会弄错。

他肯定地说他没有达到过 100 度，但是我们不能够绝对相信他的话，因为他自己也承认超过 90 度以后，他的观测就不准确了。

玛蒂厄承认自己超过 90 度的时候，您可以放心，他已经酩酊大醉了。

遇到这种情况，他的妻子梅莉——也是个少有的怪人——大发雷霆；他回来的时候，她在门口等着。她破口大骂："你回来啦，你这个坏蛋，畜生，酒鬼！"

这时候玛蒂厄不再笑了，站在妻子面前，声色俱厉地说："别说了，梅莉，现在不是谈话的时候。等到明天再说。"

如果她还继续嚷嚷，他就会走过去，嗓音发颤说："还不给我住口，我已经上了 90 度，我不能再量了。小心点，我要揍人啦！"

于是梅莉打退堂鼓了。

如果她第二天还想重提这件事，他就会当面嘲笑她，回答说："好啦，好啦，已经谈得很够啦；事情已经过去。只要

旁注：

语言富于个性化，说明作者驾驭语言的能力实在非凡，也从一个侧面表现了玛蒂厄的好酒贪杯。

神态描写，交待了玛蒂厄声音和脸色非常严厉的姿态。

我不到 100 度，那就不要紧。不过，如果我超过 100 度，听凭你惩罚，我说了算数！"

我们已经到了山冈顶上。大路钻进那片使人赞不绝口的鲁玛尔森林。

秋天，美妙的秋天，把它的金色和紫色掺混在最后剩下的、仍旧还很鲜艳的绿色里，好像是太阳融化了，一滴滴从天空淌下来，淌进了浓密的树林。

穿过迪克莱尔以后，我的朋友没有再继续朝朱米埃什的方向走，而是向左转，走上一条小路，钻进一片轮伐林。

很快地从高岗顶上，我们重又看见了景色美丽的河谷和弯弯曲曲躺在我们脚下的塞纳河。

右边有一座小小的建筑物，石板瓦顶，瓦顶上有一个像阳伞一般高的钟楼。这座小小的建筑物紧靠着一所有绿百叶窗的漂亮房子，墙上爬满金银花和蔷薇。

有一个粗大的嗓门嚷道："朋友来啦！"玛蒂厄出现在门口。他有 60 岁，瘦瘦的，蓄着山羊胡子和长长的白唇髭。

我的同伴和他握握手，把我介绍给他。玛蒂厄把我们让进一间凉爽的厨房。这间厨房他同时当客厅用。他说：

"我啊，先生，我没有那种精致的成套房间。我不喜欢离我的饭菜太远。那些锅子，您看，它们给我做伴儿。"

接着他转过脸去对我的朋友说：

"为什么挑了一个星期四来？您明明知道这是我圣母治病的日子。今天下午我不能出去。"

他跑到门口，大喊一声："梅——莉——！"大概连那边山谷底下，来来往往船上的水手们都会听见这声可怕的叫喊，抬起头来。

梅莉没有应声。

于是玛蒂厄调皮地眨眨眼睛。

赞不绝口：赞美的话说个不停，形容对人或事物十分赞扬。

比喻句。把钟楼比作阳伞，贴切、形象。

精致：精巧细致。

玛蒂厄的狩猎中也残存着一点儿顽童式的天真，因而倒显得有些可爱。

"你们看，她在生我的气，因为昨天我上了 90 度。"

我的同伴笑了："上了 90 度，玛蒂厄！您怎么搞的？"

玛蒂厄回答：

"我来讲给你们听听。去年我只收了 20 拉齐埃尔的杏黄苹果。数量不多，不过做苹果酒也够了。因此，我做了一大桶，昨天打开。要说美酒，这才算得上美酒！波利特正好在我这儿。我们喝了一杯，又喝一杯，还是不满足（这种酒可以一直喝到第二天）。因此一杯一杯喝下去，喝到后来我感到胃里太凉了。我对波利特说：'咱们来一杯白兰地暖和暖和吧！'他完全同意。但是白兰地这种酒到肚子里像火烧一样，因此又得重新喝苹果酒。就这样从凉快到暖和，又从暖和到凉快，我发觉我上了 90 度；波利特离 100 度也不远了。"

门打开，梅莉出现了，她没有跟我们打招呼，就嚷了起来："该死的畜生，你们两个人都到了 100 度"。

玛蒂厄火了："不许胡说八道，梅莉，不许胡说八道。我从来就没有到过 100 度。"

他们请我们在门外，两棵椴树底下，吃了一顿美味可口的中饭。旁边是"大肚子圣母"小教堂，面前是一望无际的美景。玛蒂厄给我们讲了一些难以置信的有关奇迹的故事，在他那嘲笑的口气里居然夹杂着天真的轻信成分，确实令人意外。

我们喝了不少苹果酒，又辣又甜，又清凉又醉人，真是好极了。比起别的酒来，他最爱喝苹果酒。然后我们跨坐在椅子上抽烟斗，正抽着烟斗来了两个女人。

她们上了年纪，枯憔干瘪，腰弯背驼。行过礼以后，她们说要见见圣布朗。玛蒂厄朝我们眨眨眼睛，回答：

"我来拿给你们。"

表现了玛蒂厄幽默风趣的一面，他身上除了善于玩弄欺骗的特点外，还并存着乡土气息。

他走进柴房。

他在里面足足待了五分钟，然后神色慌张地出来，举起两条胳膊，说：

"我不知道他到哪儿去了，我没有找到，不过我可以肯定我有。"

于是他把双手像喇叭筒似的罩在嘴上，又叫起来"梅——莉——!"他的妻子在院子里回答：

"干什么?"

"圣布朗在哪儿? 我在柴房里没有找到。"

梅莉于是解释说：

"会不会就是你上个星期用来堵兔子房窟窿眼的那一个?"

玛蒂厄猛地一惊："哎呀，这倒是很可能!"

接着他对两个女人说，"跟我来。"

她们跟着他。我们笑痛了肚子，勉强忍住，也跟在后面。

圣布朗的的确确像根普通桩子似的插在地上，沾满了烂泥和污垢，堵在兔子房一个房角上的窟窿里。

那两个女的看见了，立刻就跪下，画十字，开始低声念祈祷文。但是玛蒂厄急忙走过去，说："等一等。你们跪在烂泥里了，让我给你们一捆麦秸。"

他找来麦秸，让她们跪在上面。接着他看看他那个浑身污泥的圣人，大概是怕影响到他那买卖的信誉，又补了一句：

"让我来替你们把他收拾收拾干净。"

他拎来一桶水，用一把刷子使劲刷洗那个木头人儿，两个妇人一直不停地在祈祷。

刷洗完毕，他说："现在行了。"接着又领我们回去喝一杯。

他把酒杯举到嘴边，停住，有点不好意思地说："不管怎么样，我把圣布朗放到兔子那儿去的时候，还真以为他不会

这是对圣物的恶作剧式的揶揄，让人忍俊不禁。

状态描写。一插一堵，动词用法鲜活、生动。

信誉(yù)：信用和名誉。

再替我赚钱了。已经有两年没有人来找过他。但是圣人，你们看，是永远不会过时的。"

他把酒喝下去，又说：

"好，让我们再喝一杯。跟朋友在一起，决不应该低于50度，我们现在连38度还不到。"

情境赏析

莫泊桑笔下这个诺曼底人的狡猾似乎显得可爱，他的可爱在于他在人际关系中不是用于进攻的目的，而仅仅是用于保护自己。在这里，莫泊桑的笔墨有限，他只能突出一个重点，那就是玛蒂厄老爹如何用狡猾的言辞来掩饰自己的好酒贪杯。玛蒂厄毫无疑问是一个酒鬼，世上的酒鬼有一个共同特点，就是都不承认自己是酒鬼。玛蒂厄狡猾更为绝妙之处，是他以圣物做买卖上。经过一系列的谅解，我们都会喜欢玛蒂厄这个狡猾的乡下佬。

生活本来是简单而实在的，即便在普罗旺斯也是如此。《橄榄园》展示的生活原貌令人折服，无修饰的文笔，让我们感受到维尔布瓦长老对爱情近于残酷的追求。

一

马赛和土伦之间，在皮斯卡湾里有一个普罗旺斯省的小海港，叫加朗杜。海港上的人望见维尔布瓦长老从海上打鱼回来，急忙走下海滩去帮着把船拉上来。

船里只有长老一个人，他尽管已经是五十八岁的人了，精力却充沛得少见，跟一个真正的水手那样划着桨。他袖子卷得老高，露出肌肉发达的胳膊，道袍的下摆挽起来夹在两膝之间，胸前的扣子有几个解开，三角帽放在身边的长凳上，头上戴的是一顶白帆布面的软木铜盆帽；从外表上看，他真像是一个热带地方的结实而古怪的传教士，这种传教士天生是为了寻奇探险而不是为念经说教的。

他不时地向身后望一眼，辨认靠岸的地点，然后有节奏、有步骤、有力地向岸边划去，再一次让那些蹩脚的南方水手看看北方人是怎样划船的。

小船猛冲过来，碰到了沙，在沙上滑行，仿佛是用龙骨在整个沙滩上爬行似的。接着它突然一下子停住，那一直在望着本堂神父划过来的五个男人走拢来，他们一个个都和颜悦色，高高兴兴，对神父怀有好感。

"怎么样，鱼打得不少吧，神父先生?"其中一个人带着很重的普罗旺斯省的口音这样问。

维尔布瓦长老把桨抽回船里，摘下铜盆帽，换上三角帽，捋下袖管，扣好道袍的纽扣，恢复了乡村神父的仪表和威严，然后得意扬扬地回答：

"是啊，是啊，打得可不少，三条狼鲈，两条海鳝和几条鲃鱼。"

这五个渔夫已经走到小船旁边，在船边上俯下身子，以一种内行的神气仔细端详那些死鱼：肥而多肉的是狼鲈；扁平脑袋的是海鳝，这是一种极其难看的海蛇；还有紫色的，带橘皮那样金黄色的之字形条纹的是鲃鱼。

他们中间有一个人说：

"我们把这些鱼给您送到您的小别墅去吧，神父先生。"

"谢谢，我的朋友。"

神父跟他们握了手就走了，有一个人跟了他去，其余的都留下来替他收拾小船。

他迈着大步缓缓走着，显得精力充沛而且神态威严。因为刚才划桨用了那么大的力气，身上还觉得热，在走到油橄榄树的稀疏的树荫下时，不时摘下帽子，让他那个满头又直又短的白发的方额头，那个不像教士而更像军官的额头透透气，傍晚的空气虽然还是热烘烘的，但是已经被海上的微风吹得稍稍清新爽快了。村子出现在山谷中间的一个山冈上，山谷很宽阔，像片平原似的向下通到大海。

这是七月的一个黄昏。耀眼的大太阳眼看着要在远处锯齿形的群山顶上落下去。教士的影子变得非常长，斜着投在蒙着一层灰土的白茫茫的大路上，硕大无比的三角帽在旁边的野地里形成一大块黑影，这块黑影好像在做游戏，遇见每一棵油橄榄树，都要急忙爬上树干，跟着立刻跳下来，在树与树之间的地上爬行。

普罗旺斯省的道路到了夏天总是蒙着一层不可捉摸的细灰土，维尔布瓦长老的脚下，扬起的这种细灰土，像烟雾似的围着他的道袍，使道袍的下摆蒙上一种越来越淡的灰颜色。现在他感到凉爽了，双手插在衣袋里往前走着，那种缓慢而矫健的步伐，完全像一个爬山的山里人。他的平静的眼睛望着村子，他在这个村子里已经当了二十年本堂神父，这个村子是他自己选中，经上级特别通融派给他的，他指望在这里终其天年。教堂，他的教堂有两个棕色石头砌的、大小不等的方形钟楼，高耸在山冈顶上，四周围是沿着山坡盖的民房。在这个美丽的南方幽谷中，钟楼的古老的侧影巍然矗立，看上去不像教堂的钟楼，倒像是古代城堡的塔楼。

长老很高兴，因为他打到了三条狼鲈、两条海鳝和几条鲀鱼。

他之所以受人敬重，主要是因为他尽管上了年纪，也是当地最强健的人。这一次他在教民们面前，又可以夸耀一番这个小小的战果了。满足这种于人无损的小小的虚荣心原是他最大的乐趣。他擅长放手枪，能打断花梗儿。他有时候还跟他的邻居，当年在军队里当过剑术教官的烟店老板比剑，他的游泳本领在这一带海岸上也是没人能赶得上的。

他曾经是德·维尔布瓦男爵，赫赫有名的上流社会中的人物，而且十分风雅。他在三十二岁时因为情场失意，出家当了神父。

他出身于庇卡底省的一个拥护王室、笃信宗教的古老家族。几百年来，这个家族曾经把自己的子弟贡献给军队、司法界和教会。他最初想依照母亲的意思舍身教会，后来在父亲的敦促下，才决定来到巴黎学习法律，以便将来在法院里担任一个主要职务。

可是就在他完成学业的时候，他的父亲在沼泽里打猎，得了肺炎死了，他的母亲伤心过度，不久也去世了。因此，他突然一下子继承了一大笔财产，于是就不再考虑什么职业，而满足于安度阔人的生活。

他是个漂亮的小伙子，也很聪明，不过他的见识有限，因为受到了信仰、传统和原则的束缚，这些东西正如他那一身庇卡底乡绅的肌肉一样是祖宗遗传下来的，但是尽管如此，他还是很讨人喜欢，一些严肃的正经人很器重他，他以严谨、富裕、为人所尊敬的青年人的身份享受着生活的乐趣。

可是在一个朋友家里，经过几次会面之后，他爱上了一个年轻的女演员，她是音乐戏剧学院的一个十分年轻的学生，在奥台翁剧院初次登台就红极一时。

他对她的爱情是十分强烈的，像任何一个天生对一切都抱绝对观念的人那么强烈。她第一次和观众见面，就非常成功，而他呢，看了她那次扮演的角色就爱上了她。

她长得好看，天性邪恶，但是外表上带着一种他称作安琪儿神气的天真烂漫的孩子气。她一下子就把他完全征服过来，使他变得如痴如狂，成了那种五体投地的疯狂膜拜者，一个女人的眼光或是裙子就能把他们烧死在致人死命的爱欲的火堆里。于是他就跟她姘居，让她离开舞台，四年工夫，用一种日益增长的热情爱着她。毫无疑问，最后他会不顾门第，不顾家庭的传统荣誉观点正式娶她为妻的，如果不是有一天，他发觉她和介绍他们认识的那个朋友久已勾勾搭搭有了私情。

事情更严重的是她已经怀了孕，而他呢，只等着孩子一生出来就决定结婚。

他手里拿到了证据，也就是在一个抽屉里发现的那些信件，他本是个野性未尽的人，粗暴的脾气可就全部发作了，他责备她不守妇道，阴险奸诈，寡廉鲜耻。

可是她呢，本来就是个巴黎街头的堕落孩子，既不知什么叫羞耻，也不知什么叫贞节，对那个男人和对这个男人一样，自己觉得都很有把握，此外她还和那些什么都不怕，能够爬上街垒去打仗的老百姓家的女儿一样胆子大，因此就和他顶撞起来，而且口出恶言侮辱了他。他刚举手要打，她却指着自己的肚子让他看。

他停住手，脸色一下子变了，想到在这个被玷污了的肉体里，在这个下贱的躯体里，在这个龌龊不堪的人身子里，有着他的后代，他的一个孩子！他于是向她扑了过去，准备把两个一齐打死，把这种双重羞耻一扫而光。她害怕了，因为她觉得自己要完蛋了。她在他的拳头下面滚来滚去，看到他的脚正要朝已经怀着一个人的胚胎的大肚子踩下来，她连忙伸着两手挡着，大声向他喊道：

"别弄死我。不是你的，是他的！"

他猛地向后一跳，他是那样惊讶和慌张，以致他的怒气和他的脚跟一样都悬在那里不动了，他结结巴巴地说：

"你……你说什么？"

她呢，从这个人的眼睛和他那吓人的姿势里看到自己已死在眼前，突然害怕得发了狂，又说一遍：

"不是你的，是他的。"

他一下子感到气力全无，从牙缝里迸出了这几个字：

"你是说孩子？"

"是的。"

"你撒谎！"

他于是重新提起脚来仿佛又要踩下去，这时候他的情妇已经爬起来跪着，一面试着往后躲闪，一面结结巴巴地说：

"我不是已经对你说过是他的了吗？如果是你的，为什么我早不怀孕呢？"

这个理由竟像真情实况一样打动了他的心。一个人在恍然大悟的刹那间，会觉得一切理由都同时带着亮堂堂的光辉，显得精确无误，无可辩驳，有凭有据，无法抗拒，就是在这种恍然大悟的刹那间，他信服了，深信她肚子里怀着的那个下贱的倒霉孩子不是自己的儿子，于是如释重负，浑身轻松，几乎恢复了平静，不再想杀掉这个无耻的妇人了。

他用比较平静的声音对她说：

"站起来，滚吧，从此别让我再见到你。"

她自认失败，服从他的命令，走了。

他从此再也没看见她。

他也动身走了。他朝南走了下去，朝着太阳走去，走到一个村子才停住，这个村子矗立在地中海边一个小山谷中间。他看中了一家临海的小旅店，要了一间房就住下了。他在那儿待了一年半，伤心绝望，孤孤单单。他带着苦痛的回忆在那里度日，回忆那个欺骗了他的女人，回忆她的风采，回忆她的笼络手段，回忆她那不堪对外人道的蛊惑媚态，一面还惋惜着不能再得到她的陪伴和爱抚。

他在普罗旺斯省的那些山谷间荡来荡去，阳光透过灰白色的油橄榄树叶洒下来，照着他那颗被一个念头苦苦纠缠着的可怜的脑袋。

不过，在这痛苦的孤寂生活中，他昔日的宗教观念，多少减弱了的早年的信仰热忱又慢慢涌回到他的心里。当初他把宗教看作对付未知生活的避难所，现在他把它看作对付欺骗人、折磨人的生活的避难所。做祷告的习惯他原本没有丢掉，在悲痛中他更热心做祷告了。黄昏时候，他常常跪在昏暗的教堂里做祷告，只有圣坛尽头点着一盏灯，那是天主存在的象征，祭坛的神圣守护者。

他把他的苦痛完全倾诉给这位天主，也就是他的天主听。他请求天主指点他，怜悯他，帮助他，保护他，安慰他；在他一天比一天虔诚的祷词里，他的激情也越来越强烈。

他那颗受过一个女人的爱情折磨、创伤严重的心并未关闭，依然在悸动着，渴望着爱；现在祈祷的次数一多，带着越来越虔诚的习惯过隐士生活的时间一长，又是一心一意沉浸在虔诚信徒跟那位安慰苦难者、吸引苦难者的救世主之间的精神联系之中，于是渐渐地对天主的神秘的爱进入他的心房，战胜了另外那一种爱。

他于是重新回到他最初的计划上，决定把他破碎的生命贡献给教会，而他本来也是应该把纯洁的生命献给它的。

他当了神父。靠了家庭和朋友的关系，他得到委任，派在他无意中碰到的这个村里当本堂神父。他把家产的一大部分捐出来办慈善事业，只留下一小部分，以便一直到死都能够救济和帮助穷人，他躲进了一种侍奉天主和关心他人的平静生活里。

他是一个眼光狭窄，但是心地善良的神父，他是一个具有军人气质的宗教上的导师；在生活这个森林中，我们的本能、爱好、欲念就是使人迷失方向的小径，他这个宗教上的导师用强迫的方法把迷失在森林中的人引到康庄大道上来。不过旧日的他还有好大一部分在他身上活着。他照旧喜爱剧烈的运动、高尚的娱乐和种种武器，但是他憎恶女人，一切女人，并且像孩子面对一种不可知的危险似的怀着恐惧。

二

跟在神父后面的那个水手完全是南方人的脾气，舌头痒痒的直想聊天。他不敢，因为长老在他的教民心目中，有很大的威望。最后，他冒险试了一下。

"那么，"他说，"您待在您那所小别墅里挺舒服吧，神父先生？"

所谓小别墅其实就是普罗旺斯城市或者乡村的居民到了夏天为了乘凉搬去住的那种小而又小的房屋。神父的住宅紧贴着教堂，挤在教区的中央，实在太小，他因此租下了这所坐落在田野里的小房子，离他的住宅有五分钟的路。

即使是在夏天，他也不常住在这乡下；他只是过个一阵子来住几天，过一过万绿丛中的生活，放放手枪。

"是的，我的朋友，"神父说，"我住得挺舒服。"

这所矮房子出现了，它盖在树丛中，漆成玫瑰色，从油橄榄树的枝叶间望过去，房子好像被划成长条，被剁成碎末，被切成小块；在这片没有围墙的橄榄园里，它仿佛是从地下长出来的一个普罗旺斯的蘑菇。

远远的还可以看见一个高个子女人在门前走来走去，她正在布置一张小饭桌，每次慢吞吞地走回来时，只在桌上摆一份刀叉，一个盘子，一块餐巾，一块面包，一只酒杯。她头上戴着阿尔地方的女人戴的那种小软帽，绸子的或黑绒的，尖顶上缀着一个白球。

长老走到她听得见声音的地方，向她喊道：

"喂！玛格丽特！"

她停住脚步仔细一看，认出是她的主人，便叫道：

"是您吗，神父先生？"

"是我。我给你打来了好多鱼，你马上给我煎一条狼鲈，用黄油煎，完全用黄油煎，明白吗？"

那个女仆迎着走来，睁着内行的眼睛端详水手带来的那些鱼。

"不过咱们已经有一只米烧母鸡了。"她说。

"那有什么法子呀！隔夜的鱼不如新出水的鱼好吃。我要好好地美餐一顿，这种事我是不经常碰到的；而且说到罪过，也不算大。"

那个妇人挑好狼鲈带走后，忽然又转身说道：

"啊！神父先生，有一个男的来找过您三趟。"

他随随便便地问道：

"一个男的？什么样的人？"

"看上去不像个靠得住的人。"

"什么？是个叫花子？"

"也许是的，我不敢断定。我看多半是个'马乌法唐'。"

这个词儿是普罗旺斯土话，意思是坏人、流浪汉，维尔布瓦长老听了哈哈大笑，因为他知道玛格丽特胆子小，她住在这所小别墅里，从早到晚，特别是夜里总想到他们会被人杀害。

他拿了几个铜子给水手，水手走了。当年过上流社会生活养成的爱整洁和卫生的习惯，他都还保持着，他说："我先去洗脸洗手。"这时候，玛格丽特正拿着刀刮狼鲈的背脊，带着一点儿血的鱼鳞像银屑似的纷纷落下来，她忽然从厨房里喊了起来：

"看，他来了！"

长老转身朝大路观望，果然看见有一个人迈着小步向房子这边走过来，远远望去衣帽很不像样子。他站着等他过来，面上露着微笑，笑的是他的女仆的惊慌；心里不免暗暗想道："说真的，她说得不错，他的确像个'马乌法唐'。"

那个陌生人双手插在衣袋里，眼睛盯着神父，不慌不忙地走过来。他还年轻，蓄着蜷曲的金黄色的胡子，从一顶软毡帽底下露出几绺打卷儿的头发，那顶帽子又脏又硬，谁也猜不出当初是什么颜色，什么形状。他穿着一件栗色的长外套，一条裤脚磨得跟狗牙似的裤子；脚下蹬着一双绳底帆布鞋，走起路来软绵绵的，没有声响，叫人不放心，他的步法也是流浪汉那种鬼鬼祟祟的步法。

等他走到离神父只有几步远的时候，他摘下他那顶遮着前额的破帽子，有点像演戏似的脱帽行礼，露出了一个憔悴的、放荡的但并不难看的脑袋，头顶心上已经脱了发，这是过度疲劳或者是纵欲过度的标志，因为这个人的年龄绝不会超过二十五岁。

神父立刻也脱帽行礼，他猜到也觉出来这不是普通的流浪汉，不是没有活儿干的工人或者经常出入监狱，只晓得用囚犯切口讲话的惯犯。

"早安！神父先生！"那个人说。

神父只说了声："您好！"不愿意对这个形迹可疑、衣衫褴褛的过路人称呼先生。他们互相仔细地打量着，这个流浪汉的眼光使得维尔布瓦长老感到慌乱和激动，就像遇到了一个不知底细的敌人似的；他的心里充满了让你浑身上下直打冷战的惊慌不安。

最后那个流浪汉终于说：

"怎么样，您认出我来了？"

神父大吃一惊，回答：

"没有，没有，我不认识您。"

"啊！您不认识我。再仔细看看我！"

"看也没用，我从来没见过您。"

"这倒是真的，"那个人带着嘲弄的神气说，"不过我这就让您看一个您更熟悉的人。"

他重新戴上帽子，解开外衣的纽扣。外衣里面就是赤裸的胸膛。瘦肚子上束着一条红色裤腰带，在胯骨以上系住裤子。

　　他从衣袋里掏出一个信封，这个信封看上去简直不像个信封了，脏得要命，上面有各种各样的污迹，这种信封经常掖在流浪的乞丐的衣服夹层里，不管什么文件，真的或假的，偷来的或合法的，凡是在碰到宪兵时能够用来保护自己的自由的文件都收藏在里面。他从信封里抽出一张照片，这种照片当初颇为流行，跟一封信那么大小的一块硬纸板，上面粘着照片。因为长期丢来丢去，又被这个人贴肉的热气熏蒸，现在已经变得又黄又破烂，并且暗淡无光。

　　他把这照片举在自己的脸旁，问道：

　　"这个人，您认识吗？"

　　长老向前走了两步，仔细一看，不禁大惊失色。原来是他自己的小照，还是在他遥远的爱情时期为"她"拍摄的。

　　他没有回答，因为不明白究竟怎么回事。

　　那个流浪汉又说了一遍：

　　"这一个您认出来了吗？"

　　神父结结巴巴地说：

　　"认出来了。"

　　"是谁？"

　　"是我。"

　　"真的是您？"

　　"当然。"

　　"好！现在请看看我们两个，您的小照和我。"

　　这个可怜的人，他已经看出了，他看出这两个人，照片上的人和在旁边笑的人，就跟两兄弟似的相像，但是他还是不明白，于是结结巴巴问道：

　　"您究竟想干什么？"

　　这时候那个无赖凶狠地说：

　　"我想干什么？我要您先承认我。"

"您到底是谁？"

"我是谁？您到大路上去问问随便哪一个人，不妨先问问您的女佣人；您要是愿意的话，咱们一起去问问本地的村长，把这个东西给他看看，我敢担保，他就会立刻笑出来。啊！您不愿意承认我是您的儿子，我的神父爸爸？"

老人于是举起了双手，做出在绝望中哀求天主的姿势，发出悲鸣：

"这是没有的事。"

年轻人走上前，面对面地紧挨着他：

"啊！这是没有的事！啊！长老，别再继续撒谎了，听见没有？"

他的脸上露出威胁的神情，两手紧紧握住拳头，说话时是那样满怀信心，使得神父一面不住往后退，一面心里思忖，他们两人之中究竟是谁搞错了。

不过，他又一次肯定地说：

"我从来没有过孩子。"

那个人马上反驳：

"连情妇也没有，是吗？"

老人断然地回答，倨傲地直认不讳：

"有过。"

"这个情妇被您赶走的时候，没有怀着孕？"

二十五年前硬压下来的怒火，并未压灭，只是封闭在这个痴情男子的心底里，被信仰、听命于天的虔诚和看破红尘的心境筑起的拱顶覆盖着，如今突然一下子冲破了这个拱顶，只见他暴跳如雷，大声叫道：

"我赶走她是因为她欺骗了我，是因为她怀着的孩子是别人的孩子，不然，我早就把她打死了，先生，连她带您一起都打死了。"

那年轻人有点踌躇，神父这种出于真诚的愤怒倒使他感到了意外，于是他比较温和地回问道：

"谁告诉您那是别人的孩子？"

"是她，是她跟我吵架时亲口对我说的。"

那个流浪汉并不反驳这句话，却用流氓无赖评断别人的是非时用的那种随便的口气说：

"那么，就是妈妈跟您吵架的时候，她自己也弄错了。就是这么回事。"

长老在这一阵狂怒过去之后，比较能够控制住自己，他询问起对方来：

"可又是什么人告诉您，说您是我的儿子呢？"

"是她，临死的时候，神父先生……还给了我这个东西。"

他把那张小照片一直送到神父的眼前。

老人把照片接了过来，忧心忡忡，慢慢地、久久地把这个陌生的行路人跟自己当年的照片作了比较，他不再怀疑了，的确是他的儿子。

他心里感到一阵强烈的苦痛，感到一种说不出的激动，非常难受，好像是对一桩往日的罪恶的良心责备。他多少明白了一点儿，其余的情况也能猜到，分手时的那个粗暴场面又出现在眼前。在受侮辱的男人的威胁下，那个女人，那个不忠实的坏女人，为了救自己的性命，对他撒了这个谎。谎言成功了。他的亲骨肉的孩子生下来，长大成人，变成了这个肮脏的流浪汉，跟山羊满身膻味一样，他满身都是堕落腐朽的臭气。

他低声说道：

"跟我一块儿走几步，让我们仔细谈谈，好不好？"

那一个冷笑了一声。

"敢情好！我就是为这个才到这儿来的。"

他们并肩在橄榄园里走着。太阳已经落下去。南方黄昏时的凉气给田野罩上了一件看不见的寒冷的外衣。长老打着冷战，出于当主祭的习惯，他不知不觉地突然抬起眼睛，看见在他的四周到处都有圣树的淡灰色的小叶子在天空下面簌簌抖动，这圣树曾经用它稀疏的树荫笼罩过基督一生中最大的痛苦，他一生中仅有的一次软弱。

他不由自主地祷告起来，那是心中暗想、不出口的一种短促的、绝望中的祷告，信徒哀求天主时就用这种祷告："我的主啊，救救我吧！"

然后转脸对着他的儿子：

"这么说，您的母亲死了？"

在说"您的母亲死了"这句话的时候，他感到一阵新的悲伤一下子揪紧了他的心。他感到的是一个从来没有把往事完全忘却的人的肉体上的一种不可思议的痛苦，是他受过的折磨的一种残酷的回响。也许还不止于此，因为她已经死了。他感到的还是青年时代那种令人发狂的短暂的幸福的悸动。而如今那个青年时代除了回忆的创伤以外，任什么也没有留下。

年轻人回答：

"是的，神父先生，我的母亲已经死了。"

"已经有很久了吗？"

"是的，已经有三年了。"

神父又起了疑心。

"那您为什么不早来找我呢？"

那个人有点踌躇。

"办不到。我遇到了别的麻烦……不过，请原谅我暂时不谈，以后我再把这些秘密话讲给您听，您要怎么详细都可以，现在我得告诉您，从昨天早晨到现在我还什么都没有吃过呢。"

一阵怜悯心震动了老人的全身，他突然伸出两手。

"啊！我可怜的孩子。"他说。

年轻人握住那双伸过来的大手，他的比较细长的、潮湿的发热的手指头被大手包住了。

然后他带着他那种经常表现出来的打哈哈的神气说道：

"好得很！说真的，我开始相信咱们会谈得拢的。"

神父迈步走了。

"去吃晚饭吧。"他说。

他忽然带着一种本能的、模糊的、古怪的愉快心情想到他刚打来的鱼，再加上米烧母鸡，在这一天对这个可怜的孩子来说，算得上是一顿丰盛的晚餐了。

那个阿尔女人很不放心，嘴里已经在咕哝。她在门口等着。

"玛格丽特！"长老喊着说，"把桌子搬进去，放到屋里，快点，快点，摆两份餐具，可得快点。"

女仆一想到主人要跟这个坏人一起用餐，吓得愣在那里。

维尔布瓦长老于是亲自动手，把给他预备的那份餐具撤下来，带到楼下仅有的那间客厅里去。

五分钟以后，他已经和那个流浪汉面对面地坐下来，面前放着满满的一盆白菜浓汤，在他们两人之间升起一片热气。

<h2 style="text-align:center">三</h2>

等到各人的盘子里盛满了菜汤之后，那个流浪汉就贪馋地一调羹紧跟着一调羹地吃起来。长老已经不感到饿了，只是慢吞吞一小口一小口喝着香喷喷的浓汤，让面包留在盘底里。

忽然他问道：

"您叫什么？"

那个人肚子已经不饿，感到很满意，听了这话笑了起来。

"不知道父亲是谁，"他说，"不能姓别的，只好姓我母亲的姓，这个姓您也许还没有忘记。可是我有两个名字，顺便告诉您，对我很不合适，我叫菲利普—奥古斯特。"

长老脸色煞白，嗓子发哽，问道：

"为什么给您起这么两个名字？"

那流浪汉耸了耸肩膀。

"您猜也可以猜到。妈妈离开您之后，曾经设法让您的情敌相信我是他的儿子，一直到我十五岁以前，他还差不多有点相信。可是后来我的相貌实在太像您了。这个混账东西就不再承认我是他的儿子。但是他的两个名字菲利普—奥古斯特是已经给我了；如果我的运气好，谁也不像，或者我是第三个没有露面的浑蛋所生，那么今天我就可以叫菲利普—奥古斯特·德·普拉瓦隆子爵，是同名同姓的伯爵和参议员追认的儿子了。因此我自己给我起了个名字叫'不走运'。"

"这些事，您是怎么知道的？"

"因为他们当着我的面争吵来着，并且吵得真凶。唉！也就是这个让我明白了什么是生活。"

有种东西压得神父透不过气来，这种东西比半点钟来他所感受的和忍受的一切更使他难受，更使他痛苦。他开始感到憋闷，而且越来越厉害！最后会把他憋死；所以会这样，倒不是全因为刚才所听到的事情，而主要是由于事情的叙述方式和讲述事情的那个无赖汉那副流里流气的下贱面孔。他开始觉察在这个人和他之间，在他的儿子和他之间，有一道精神上的污秽的臭坑，而这对某些心灵来说就是致命的毒药。这个家伙真是他的儿子吗？他还不能相信。他需要所有的证据；他需要知道一切，了解一切，什么都听一听，什么都耐心忍受一下。他再一次想到环绕着他的小别墅的那些油橄榄树，他再一次喃喃地祷告："啊！我的主呀，救救我吧。"

菲利普—奥古斯特把汤喝完了。他问道：

"没别的吃啦，长老？"

厨房盖在正房外面，玛格丽特听不见神父的叫声，他有什么需要的时候，就在挂在背后墙上的一面中国铜锣上敲几下。

他于是拿起皮包头的锤子在那圆形铜片上敲了几下。锣声立刻发出来，开始很弱，随后响亮起来，清楚起来，变成了颤巍巍的、尖锐的、异常尖锐的、刺耳的、可怕的声音，仿佛是挨了打的铜器的怨诉声。

女仆出现了。她紧皱着眉头，怒气冲冲地看着这个"马乌法唐"，就好像出自她那忠心的狗一般的本能，已经预感到降在主人身上的那个惨剧。她手里端着的煎好的狼鲈，发出一股喷鼻的熟黄油的香味儿。长老用调羹把鱼从头到尾划成两半，把鱼背那一半给了他青年时代生下的儿子。

"这是我刚才亲自打来的。"他说，在痛苦之中流露出剩下的一点儿得意的情绪。

玛格丽特没有走开。

神父又说：

"拿酒来，要好的，要科西嘉海角的白葡萄酒。"

她几乎做出反抗的手势，他只好板起面孔再说一遍："去吧，拿两瓶来。"请人喝酒，这在他是不常有的乐趣，因此他总也要请自己喝一瓶。

菲利普—奥古斯特这一下高兴了，喃喃说道：

"妙啊！好主意。我好久没有这么吃过了。"

女仆两分钟之后回来了。长老觉得这两分钟简直长得没有尽头，因为他需要知道一切，这种需要跟地狱中的烈火一样在凶猛地烧着他。

酒瓶打开了，可是女仆待着不走开，两眼直勾勾地盯着那个人。

"你去吧。"神父说。

她假装没听见。

他几乎用斥责的口气说：

"我已经吩咐过你，让你走开。"

她这才走出去。

菲利普—奥古斯特狼吞虎咽地吃着鱼；他的父亲看着他，在这张和自己如此相像的面孔上，竟发现了这么多下流的东西，真是越来越惊奇，越来越伤心。维尔布瓦长老送到唇边的那些小鱼块停留在嘴里，嗓子眼发紧咽不下去；他久久地咀嚼着，一面寻思，在那一堆涌到脑海里的问题里面，哪是他希望尽先得到答案的一个。最后他低声问道：

"她是什么病死的？"

"肺病。"

"病了很久吗？"

"差不多一年半。"

"怎么得的病？"

"不知道。"

　　两人都不再说话。长老在思索。有这么多的事压在他心头。他急于知道，他自从破裂的那天起，自从差点儿把她打死的那天起，就一直没有听到她的任何消息。当然他也并没想去知道，因为他曾经断然地把她和自己的幸福日子都扔进了忘却的深沟里；可是她现在已经死啦，突然之间他觉得在自己的心里产生了一种想知道一下的强烈愿望，一种含着妒意的愿望，几乎是一个情人才有的愿望。

　　他继续问道：

　　"她不是单独一个人，对不对？"

　　"对，她一直是跟他在一起。"

　　老人不由得打了个哆嗦。

　　"跟他！跟普拉瓦隆吗？"

　　"当然。"

　　这个当年受了欺骗的人计算了一下，欺骗他的这个女人跟他的情敌过了三十多年。

　　他几乎情不自禁，结结巴巴地问道：

　　"他们在一起快活吗？"

　　年轻人冷笑着回道：

　　"快活的，有时候很快活，有时候差一点儿。如果没有我那就好啦。什么事都是因为我变糟了。"

　　"怎么会呢？为什么呢？"神父说。

　　"我已经跟您讲过啦。在我十五岁以前，他一直以为我是他的儿子。不过这个老头儿，他并不傻，他发现了我像谁以后，就常常发生争吵。我呢，常在门外偷听。他责备妈妈不该让他上这个圈套。妈妈就反驳：'那怪我吗？你要我的时候，明明知道我是别人的情妇。'那个别人，就是您。"

　　"啊！他们有时候也谈起我？"

　　"是的，不过当着我的面，他们从没有说出您的姓名，只是到了后来，到了最后，妈妈知道自己不行啦，在临死的那几天才说出来。不管怎么样，他们是存着戒心的。"

"那么您……您老早就知道您母亲所处的地位是不正当的吗?"

"当然! 我, 我又不傻, 我从来就不傻。一个人开始懂得世事以后, 这种事情是一目了然的。"

菲利普—奥古斯特一杯接着一杯地自斟自饮。两眼闪着亮光, 饿得时间太久, 因此醉得也快。

神父看出他醉了; 他差点儿要拦阻他, 后来忽然闪过一个念头, 想到喝醉后会不顾后果, 喜欢讲话, 于是拿起酒瓶, 又给年轻人把酒杯斟满。

玛格丽特端来了米烧母鸡。她把菜放在桌上以后, 又瞪着眼睛看着那个流浪汉, 然后气哼哼地对主人说:

"您倒是看看啊, 他已经醉了, 神父先生。"

"别管我们," 神父回说, "你走开吧。"

她使劲把门一甩走了。

他问道:

"您母亲都说我什么来着?"

"还不是一个女人寻常说她甩掉的男人那套话, 什么您脾气难对付啦, 叫女人感到讨厌啦, 要全听您的话, 女人就没法过日子啦……"

"她经常这么说吗?"

"是的, 有时候为了不叫我听懂, 故意不说明白, 但我全都猜出来了。"

"您呢, 在这个家庭里他们怎样待您?"

"待我吗? 最初很好, 到后来很坏。等妈妈看出我在坏她的事以后, 她就把我撵走了。"

"怎么会这样呢?"

"怎么会这样! 很简单。在十六岁那年, 我干了荒唐事, 这些坏蛋为了拔去我这个眼中钉, 就把我送到教养所里。"

他双肘往桌上一支, 双手捧着脸蛋儿。他完全醉了, 神智已经被酒弄得颠颠倒倒, 忽然感到一种不可抵抗的愿望, 想谈谈自己, 而正是这种想谈谈自己的愿望使得醉鬼们胡乱地吹捧自己。

　　他和悦地微笑着，唇上带着一种女性的媚气，这种邪恶的媚气，神父一看就认得。这种当年曾经征服他并且使他堕落的媚气，他不但认得而且还感到它既可恨又令人舒服。这个孩子现在最像的还是他的母亲，不是相貌上像她，而是那副迷人的虚伪的眼神像她，特别是骗人的微笑所具有的魅力像她，唇上的微笑就像是打开了嘴上这道门要把一肚子坏水都放出来。

　　菲利普—奥古斯特讲起来了：

　　"啊！啊！啊！自从我进过教养所以后，我过的那种生活啊，真可以说是稀奇古怪的生活，一个伟大小说家一定肯出大价钱来买的。大仲马在他的《基督山伯爵》里，也没有写出比我所遇见的更古怪的事情。"

　　他说到此处住了口，显出喝醉酒的人思考时的那种哲学家般的严肃态度，然后又慢慢地说了起来：

　　"要是打算让一个孩子变好，不管他干了什么事，千万别把他送到教养所去，因为他在那里可以学会好多坏事。我呀，我开了一个挺妙的玩笑，可是结局太坏了。有一天晚上，九点左右，我跟三个同学在大路上靠近福拉克渡口闲逛，四个人都有点醉意了，忽然遇见一辆马车，执鞭赶车的和坐在车里的那一家人都睡着了，他们是玛蒂农地方的人，在城里吃完晚饭以后回家。我抓住马的缰绳，把它引到渡船上，把渡船往河心里一推。赶车的那个家伙听见响声，惊醒了，他什么都没有看见，就举起鞭子一挥。马迈步一跑，带着车跳进了激流里，全淹死了。同学们告发了我。当初他们在我开玩笑的时候曾经大笑过。说真的，我们真没想到事情会搞得这么糟。我们原来只希望他们洗个澡，开个玩笑。"

　　"从那以后，我干了不少更厉害的事，为的是替第一桩事报仇，因为那件事实在犯不着就把我送进教养所。不过这些都不值得讲给您听了。我只把最后一件给您说一说，因为这一件您听了一定会高兴。我替您报了仇啦，爸爸。"

　　长老十分紧张地望着他的儿子，他什么也不吃了。

菲利普—奥古斯特正准备说下去，神父说：

"不，现在先别说，等会儿再说。"

他转身敲了一下铜锣，响起了尖锐刺耳的锣声。

玛格丽特马上就来了。

她的主人声音是那么严厉，把她吓得乖乖地低下了头，他命令她：

"把灯还有你预备好的吃的东西都拿来，以后我不打锣，你就不要再进来。"

她走了出去，然后回来把一盏蓝罩的白瓷灯，一大块干酪，还有水果放在桌布上，走了。

长老毅然地说道：

"现在，讲给我听吧！"

菲利普—奥古斯特从容不迫地在自己的盘里装满水果，把酒杯斟满。第二瓶几乎已经空了，虽然神父一点儿也没碰。

年轻人嘴里含着吃的，再加上酒喝多了，舌头已经不听使唤，结结巴巴地接着讲下去：

"最后一件事是这样的。那可是一件非同小可的事。我回到家里……我就赖在家里不走，他们尽管不愿意，也无可奈何，因为他们怕我……怕我。啊！我这个人，可别把我惹翻了，要是把我惹翻，我是什么都干得出来的……您知道……他们可以说在一起过日子，但也可以说不在一起过日子。他有两个家，一个是参议员的家，一个是情夫的家。不过他在妈妈这个家待的日子多而回自己家的日子少，因为他离不开她。啊！妈妈……她真精明，真能干……她呀，她懂得怎样笼络一个男人！她把他整个身心都拴住了，一直到死都是如此。男人们，有多么傻啊！总之，我回到家里来了，他们怕我，对我服服帖帖。我这个人到了必要的时候是足智多谋，善于应付的，讲耍坏，讲使计，还有讲到动拳头，我全行，我谁也不怕。可是妈妈病倒了，他把她安置到默朗附近的他的一所房子里，周围的花园有森林那么大。她病了一年半……这个我已对您说过了。后来我们就觉得她的死期已经不远了。他每天都从巴黎来看她，他很悲痛，真正很悲痛。

有一天早晨，他们在一起唧唧喳喳地谈论了差不多有一个钟头，我正在寻思他们有什么可谈的，竟谈了这么长久的时候，他们把我叫了进去。妈妈对我说：

'我快死啦，有一件事，虽然伯爵不愿意，我还是要告诉你。'她提到他的时候总是称呼他伯爵。'这就是你的生身父亲的名字，他现在还活着。'

我曾经问过她不下一百次……不下一百次……我的父亲叫什么名字……不下一百次……她总是不肯告诉我。我好像记得有一天为了叫她开口，还打了她几个耳光，可是没有一点儿用处。后来为了避免我啰唆，就对我说您已经死了，一个子儿也没留下，说您是个没出息的人，又说什么少年时候一时荒唐啦，未经世故的少女一时大意啦，等等。她说得那么天花乱坠，我也就信啦，完全相信您是死啦。

她对我说道：

'我要告诉你的就是你父亲的姓名。'

那一位坐在一把扶手椅上，一连这样说了三遍：

'不应该说的，不应该说的，不应该说的，罗塞特。'

妈妈在床上坐着，颧骨通红，眼睛发亮，那副神气到现在好像还在我眼前；因为不管怎么样，她还是很爱我的；她对他说：

'那么您来帮他点忙吧，菲利普。'

直接和他说话的时候，她叫他菲利普，我呢，她就叫我奥古斯特。

他跟疯子似的喊了起来：

'帮这个下贱东西的忙，休想，帮这个下流胚子，这个惯犯，这个……这个……这个……'

他说出了一大堆名称来称呼我，倒好像他一辈子没有做别的事，光在搜寻这些名称似的。

我正要发脾气，妈妈拦住了我，她对他说：

'那么您是想叫他饿死，我，我是一个钱也没有呀。'

他一点儿也不慌张，沉着地回道：

'罗塞特，三十年来，我每年给您三万五千法郎，这就是一百多万了。您靠了我过的是有钱的女人，被人爱恋的女人，恐怕还是幸福的女人的生活。这个恶棍毁了我们最后这几年，我没有什么对不起他的地方，他休想我给他什么。用不着再多争辩。您愿意把那个人的姓名告诉他，那就随您的便。我表示遗憾，但是我不再管了。'

妈妈于是朝我转过脸来。我心想：'好……这回我可找到我的真正的父亲了……他如果是个有钱的人，我就得救了。'

她接着说：

'你的父亲，德·维尔布瓦男爵，现在叫维尔布瓦长老，他是离土伦不远，加朗杜的本堂神父。在我为了这个人而离开他以前，他是我的情夫。'

她接着就把一切都告诉了我，只是没提在怀孕这件事上怎样哄骗您。可见，女人是从来不说实话的。"

他一面冷笑着，一面不知不觉地把他那一肚子肮脏东西都倒了出来。他还继续喝酒，脸上老是那么笑眯眯的，接着讲下去：

"妈妈过了两天……两天就死了。我和他，我们两人跟在棺材后面把她送到坟地……奇怪不奇怪，您说，我和他两个人……还有三个仆人……再没别人了。他哭得跟泪人一般……我们并排走着……活像是爸爸带着他的宝贝儿子。

随后我们回到家里。只剩了我们两个人。我心里说：'不走不行了，可是一个子儿也没有。'我那时身上的钱刚够五十法郎。我想个什么法子报这个仇呢？

他碰了碰我的胳膊，对我说：

'我有话要跟您说。'

我跟他进了书房。他在桌前坐下，然后眼泪汪汪地对我说，他并不想像他对妈妈说过的那样狠心地对待我；他劝我不要来打扰您……这是您跟我，咱们两人之间的事……他给了我一张一千法郎的钞票……一千法郎……一千法郎……我……像我这样一个人……一千法郎有什么用处。我看见抽屉里还有钞票，一大堆钞票。一见钞票，我可就起了杀心。我伸手去接他给我的那张，可是我没有接他这个布施，却一步蹿过去，把他摔倒在地上，掐住他的脖子，一直掐到他翻了白眼，后来我看他要死了，才松了手，然后拿东西塞住他的嘴，把他捆上，剥掉衣裳，翻过来背朝着天，然后……哈，哈，哈！……我可替您报了仇了……"

菲利普—奥古斯特说到这里，高兴得透不过气来，直咳嗽。嘴角依然带着残忍而得意的神情，微微向上翘着，维尔布瓦长老在这片嘴唇上又看见了当初使他神魂颠倒的那个妇人的微笑。

"后来呢?"他问。

"后来呀……哈，哈，哈！……壁炉里生着挺旺的火……妈妈死的时候……是十二月间……天气非常冷……生的是炭火……我拿起了火钩子……我把它烧得通红……然后我给他在背上烫了几个十字，是八个，还是十个，我现在说不上了，然后我把他翻过来，在肚子上也烫了一般多的十字。您说，这有多妙啊，爸爸！从前就是这样给苦役犯烫印记的。他的身子像一条鳗鱼似的扭来扭去……但是我把他的嘴塞得非常严实，他嚷不出来。然后我拿起了钞票，一共是十二张，加上我原有的一张，十三张……这数目没给我带来好运气。我临逃走的时候吩咐那些当差的，晚饭以前别打扰伯爵老爷，他在睡觉。"

"我原以为他是参议员，怕丢脸，不会声张出去。我的这个想法错了。四天之后我在巴黎的一家饭馆里叫人逮住了。在监狱里蹲了三年。我没能早来找您，就是因为这个缘故。"

他又喝酒，然后嘟嘟囔囔，含糊不清地说下去：

"现在……爸爸啊……神父爸爸！……有一个神父做爸爸，这有多么滑稽！……哈，哈！可得好生对待小乖乖啊，因为小乖乖可不寻常啊……他已经干过一桩非同小可的事……不对吗？……一桩非同小可的事……对付那老头子……"

当年在那个不忠实的情妇面前，维尔布瓦长老感到的那股使他几乎发疯的怒火，现在在这个万恶不赦的人面前又涌了上来。

过去在听忏悔时，他曾经对那么多低声讲给他听的卑鄙可耻的秘密事，都以天主的名义加以宽恕了，如今临到自己头上，却感到没有丝毫的怜悯心和仁慈心，他也不再去求助于那位有求必应、慈悲为怀的天主，因为他明白在这个世上遭到如此不幸的人，无论上天或人间的庇护都无法拯救了。

他的心胸原是热情的，他的血性原是狂暴的，在他的心胸和血性中存在着的那股力量原已被神父的职务磨炼得熄灭了，现在又猛烈地燃烧起来，变成一股不可抗拒的憎恨，他憎恨这个是他儿子的万恶之徒；憎恨他像自己，而且又像他的那个不配为人母的母亲，她把他孕育成和她自己一样坏；憎恨命运把这个无赖跟囚犯脚镣上拖着的铁球一样牢牢地钉在他这个做父亲的脚上。

二十五年来他一直处在虔诚敬神的酣睡中和心地平静中，在这个打击之下，他醒过来了，于是异常敏锐地看清楚了，并且预见到了一切。

他忽然间想到对这个恶人说话是必须高声大叫才能叫他害怕，必须一开始就把他吓住，他于是不再管他是不是已经烂醉，愤怒得咬牙切齿地对他说：

"现在您把一切都讲给我听了，该听我的了。明天早上您就走。您以后就住到我指定的地方去，没有我的命令不许离开。我可以给您一笔生活费，够您用的，不过数目很少，因为我并没有钱。只要有一次您违背我的命令，那就一切全完，而且我决不会饶您。"

菲利普—奥古斯特虽然已经醉得糊里糊涂，但是对这个威胁却听得懂；他身上潜伏着的那个杀人凶犯突然一下子又冒出头来了。他一边打着酒嗝一边嚷出了下面这番话：

"啊！爸爸，别跟我来这一套……你是本堂神父……你掌握在我的手心里……你跟别人一样会老老实实的！"

　　长老猛地一惊；在这个年老的大力士的肌肉里感到一种无法克制的需要，恨不得把这个怪物抓过来，像折筷子似的把他一下子折断，叫他知道不让步是不行的。

　　他一边将饭桌向那个人的胸口推过去，一边大声叫道：

　　"啊！当心，当心……我，我谁也不怕……"

　　那个醉鬼失去了重心，在椅子上摇晃。他觉得自己快要倒下去了，并且已经在神父的控制之下，于是眼中露出了杀人犯的凶光，手朝桌布上撂着的一把刀子伸过去。维尔布瓦长老看见了这个动作，使劲一推桌子，他的儿子便朝天翻倒在地上。灯滚下去熄了。

　　有几秒钟的工夫，黑暗中响起了一阵轻微的玻璃杯碰撞声；然后好像有柔软的身躯在石板地上爬动的声音，以后就什么声音也没有了。

　　灯打碎以后，突然来临的黑暗就笼罩了他们俩，黑暗来得那么快，那么出人意料，而且是那么浓厚，他们两人都仿佛遇到了一桩可怕的事情，一下子吓傻了。醉鬼蜷缩在墙边，不再动弹了；神父依然坐在椅子上，沉浸在黑暗里，黑暗淹没了他的怒火。罩在他身上的黑幕打断了他的狂怒，使他心灵中那一股邪火停在那里不动了；他心里产生了别的念头，跟黑夜一般黑、一般凄凉的念头。

　　一片沉寂，像坟墓里一样沉寂，在这沉寂中好像没有任何东西还活着，还在呼吸。外面也没有任何声息传进来，没有远处的辚辚的车声，没有狗吠声，甚至没有穿过树枝或者掠过墙头的微微的风声。

　　这种情形延续了很久很久，也许有一个小时。然后铜锣突然响了。铜锣仅仅敲了一下，又重，又猛，又响；紧跟着有什么东西摔倒和椅子翻倒，发出很古怪的巨大响声。

　　玛格丽特时刻在注意着动静，一听见锣声就奔了来；可是打开门，眼前一片漆黑，吓得她直往后退。后来她浑身战栗，心怦怦跳，上气不接下气，低声叫道：

　　"神父先生，神父先生！"

没有人回答，也没有任何动静。

"老天爷啊，老天爷啊，"她心里念叨，"他们怎么啦？出了什么事啦？"

她不敢再往前走，也不敢回去拿灯；她一心只想逃命，想逃走，想喊叫，虽然她感到自己的两条腿发软，眼看着就要倒下去。她一遍又一遍地叫：

"神父先生，神父先生，是我，玛格丽特。"

她尽管害怕，可是忽然间出于本能想要援救她的主人；这种愿望，还有使得女人们有时会变成英雄的那种勇气，使得她在惊恐中一下子胆子大了起来，她跑到厨房，端回一盏油灯。

她在门口站住。她先看见了那个流浪汉，挨着墙直挺挺躺着，他睡着了或者说看上去好像睡着了；接着她看见那盏打碎的灯，桌子下面维尔布瓦长老的两只黑脚和两条穿着黑袜子的腿，他大概是仰面倒下来的，头碰到了铜锣。

她吓得心怦怦跳，两只手哆嗦着，一遍遍说：

"我的天啊！我的天啊！这是怎么啦？"

她迈着小步慢慢地向前走，忽然踏在一种滑腻腻的东西上，险些摔倒。

她弯下腰一看。只见红石板地上，是红色的液体在流动，在她的两只脚周围蔓延，向门口迅速流去。她猜到这是血。

她发了疯，撒腿就逃，把灯一扔什么也不想再看，她越过田野朝村子奔去。她两眼盯着远处的灯光，喊叫着朝前跑，不时地撞在树上。

她的尖锐的叫声好像猫头鹰的凄厉叫声，在黑夜中散开，接连不断地喊着："马乌法唐……马乌法唐……马乌法唐……"

当她到了头几所房子跟前，一些男人慌慌张张走了出来围住了她；可是她拼命挣扎，并不回答，因为她的神志已经不清楚了。

最后大家才弄清楚在神父住的地方出了事，于是有一群人带了武器跑去援助他。

橄榄园中间的那所漆成玫瑰色的小别墅在深沉而宁静的夜里变得黑魆魆

的，看不出来了。自从窗口射出的那唯一的一盏灯光像一只眼睛闭上似的熄灭以后，这所房子就淹没在黑暗中，迷失在一片漆黑之中，不是本地生长的人休想找到它。

过了一会儿，有一些灯火擦着地皮，穿过树丛朝这所房子来了。干枯的草地上照出一长条一长条的黄色亮光，在这些游移不定的亮光照耀下，那些油橄榄树弯曲的树身有时像怪物，有时像纠集在一起的、弯弯曲曲的地狱中的蛇。照到远处的灯光忽然在黑暗里照出了一样模模糊糊的白东西，接着小房子的矮矮的方墙很快地在许多灯笼的前面又恢复了它的玫瑰色。几个乡下人手中拿着灯笼簇拥着两个手握手枪的宪兵、森林看守人、村长和玛格丽特，玛格丽特由人架着，因为她已经支持不住了。

在开着的令人害怕的屋门前，他们不免犹豫了一会儿。可是宪兵班长一手抓过一个灯笼，走进去，其他的人跟在后面。

女仆没有撒谎。血现在凝住了，跟地毯似的盖在石板地上。血曾经流到那个流浪汉身旁，他的一条腿和一只手都泡在血里。

父亲和儿子都睡着了。父亲是喉咙割断，长眠不醒了，儿子是酩酊大醉，睡着了。两个宪兵向他猛扑过去，没等他醒过来，手铐已经套在他的手腕上。他大吃一惊，揉了揉眼睛，还醉得糊里糊涂呢，可是等他看见了神父的尸首，他好像害怕了，而且好像困惑不解，什么都不明白了。

"他怎么没逃跑呢?"村长说。

"他醉得太厉害了。"班长回答。

大家都同意他的意见，因为谁也没有想到维尔布瓦长老会自杀。

李白有一句名诗："抽刀断水水更流，举杯消愁愁更愁。人生在世不称意，明朝散发弄扁舟。"这是李白在强烈感受到理想和现实矛盾后给自己寻找了摆脱苦闷道路的告白。那么莫泊桑笔下的巴雷又是如何寻求解脱的呢？

那天晚上，我为什么跑到那家啤酒馆里去？现在我还是一点儿也不知道的。当日气候很冷。一阵很细的雨，一阵灰尘样的细雨在空气里飞散，用一层透明的薄雾笼住了煤气路灯，使得人行道映着店铺里面透出来的微光发亮，照见了湿了的泥和行人的脏脚。

我当时简直没有任何目的地要去。不过是在晚饭以后略略走动而已。我经过了里昂放款银行，韦未因街和其他许多街道，忽然发现了一家大的啤酒店，其中的顾客差不多占了一半的座儿。我没来由地进去了。当时我并不口渴。

我抬头一望就找着了一个不至于受到拥挤的座位，后来就坐在一个男顾客的旁边，他在我眼里像是有年纪的，吸着一只瓦烟斗，那东西每只值两个铜元，已经熏得像煤一样地黑。七八个酒杯托子叠成一堆堆在他的桌上，指出了他已经喝过了七八大杯的啤酒。人呢，我是没有细看的。我当初只顺眼一望，就知道那是个啤酒店的常顾客，那种顾客对于半斤一大杯的啤酒是成了瘾的，他们从早上店门一开就进来，直坐到深夜要关店门才出去。我当时身边那一位是不清洁的，顶门上已经光秃，有些剩下的那种油垢显然的花白长头发，都覆在他那件方襟大礼服的领子上。他那套过于宽大的衣裳，仿佛是他在从前大肚子的时候做的。可以猜得着他的裤子也绝不合身，并且他本人每次走到十来步，非把那套穿得不合身的衣裳端整一下不可。他可是着了一件背心？只要想到那双皮鞋里包着的东西就已经使我害怕，那双磨破了的白袖头的边缘完全是黑了的，正和那些指甲一样。

我一坐在他的身边，这位先生便用一种宁静的声音向我说："你可好？"

我吃惊地连忙侧过头去细看他了。他接着说："你认不得我吗？"

"认不得！"

"我是巴雷。"

我发呆了。他就是约翰·巴雷伯爵，我中学时代的旧同学。

我和他握手了，惊讶得找不着可说的话。

末后，我吃着嘴说："你呢，你可好？"

他安详地回答："我吗，在我能够做得到的景况里过活。"

说完他又缄默了。我想表示友好，我找了一句话："那么……你现在做什么事？"

他用达观安命的态度说："你看。"

我觉得自己有点脸红了。极力向他追问："简直见天这样吗？"

他吐了一口浓烟才说："见天是一样的。"

随后他用手里握的一枚铜子儿在桌子的大理石面上敲着，一面喊道："堂倌，来两大杯！"

一道声音远远地重述了一遍："两杯四枚的！"另外又一道更远的声音很尖锐地喊了一句："在这里。"随后一个系着白围腰的汉子出现了，端着两个淌出许多黄汁洒在地面上的大杯子跑过来。

巴雷一口气喝干了那一大杯再把杯子搁在桌子上，一面吸着那些留在自己髭须上的酒味儿。

随后他问道："有什么新闻？"

我实在不知道有一点儿什么新闻可以告诉他，便只吃着嘴说："一点儿也没有，老朋友，我现在是个商人。"

他始终用相同的声音说："那么……这件事可合你的意？"

"不合呀，但是你要怎样？自然应当找点事做！"

"为了什么？"

"不过……为了消磨光阴。"

"那有什么用？我吗，我一点儿事也不做，如同你看见的一样，从来一点儿事不做。一个人在没有钱的时候，我懂得他应当工作。一个人在有了生活资料的时候，那就不必了。工作有什么好处？你现在工作，为的是你自己还是为的别人？倘若为的是你自己，就是这件事教你乐意，那自然很好；倘若你的工作为的是别人，那么你不过是一个笨人。"

随后，他把自己的瓦烟斗搁在桌上，一面又喊道："堂倌，来一大杯！"末了又接着说："说话教我口渴。我没有说话的习惯。对呀，我一点儿事也不做，对于自己听其自然，我老了。将来死的时候，我什么也不留恋。除了这家啤酒店以外，我不会有另外的纪念。无妻，无子，无牵挂，无伤感，什么都没有。这比较好。"

他又干了刚才来的那一大杯，伸出舌头在嘴唇上扫了一下，然后又拿起了自己的烟斗。

我纳罕地瞧着他。我问他：

"不过你从前不是这样的吧？"

"对不起，向来是这样的，自从进了中学以后。"

"这不是一种生活，这样，老朋友。这是很可怕的。你想想吧，你可以做点事，你可以有爱好，你可以有朋友。"

"没有。我每天正午起床。到这里来，吃午饭，喝好些个大杯，我等天黑，吃晚饭，又喝好些个大杯；随后到了夜里的一点半钟，我回家睡觉，因为要关店门了。那是最叫我厌烦的事。十年以来，我真有六年光景是在这只角儿里的这条长凳上过的。其余的呢，那就是在我床上了，从来没有旁的地方。有时候，我和这里的常客谈谈天。"

"不过你当初到巴黎的时候做了些什么？"

"我学法律……在梅狄西斯咖啡馆。"

"以后呢？"

"以后，我过了塞纳河，便到了这里。"

"你为什么费了事儿走过河来？"

"你教我怎样，一个人不能在拉丁区守一辈子。大学生闹得太厉害了。现在我不会再移动了……堂倌，来一大杯！"

我怀疑他瞧不起我，就追问道：

"这算什么话，说实话吧。你可有过很伤心的事情？无疑是一场爱恋上的失望吧？你一定是一个被厄运打击过的人。你今年多大年纪？"

"三十三岁。但是我至少像四十五。"

我从正面仔细望他。他那张起了皱纹而没有整容的脸，几乎像是一个老翁的。顶门上，几茎长头发在那种不甚清洁的皮肤上飘着。他有粗的眉毛，密的髭须和厚的长髯。我不知为什么，陡然在想象之间看见了一只面盆满盛着黑黑的水，那点水大概就是替他洗过那些毛发的。

我向他说："事实上，你的样子像是比你年纪老些。你必然有过好些伤心的事。"

他答辩道："我向你保证没有。我的老态是由于我从来不呼吸新鲜空气。世上最伤人的，莫过于咖啡馆里的生活。"

我不相信这些话："你可曾同姑娘们混过？一个人若是没有滥用爱情，绝不会像你这样秃顶。"

他从容地摇着脑袋，于是，几点从他那些残发里坠下来的小白点儿，撒在他的背上了，他说："没有，我向来是安分的。"接着便抬头望着那盏在我们头上发热的大煤气挂灯说："我之所以秃顶，就是因为煤气灯。它是头发的仇敌。——堂倌，来一大杯。——你不渴吗？"

"不渴，谢谢你。但是你真使我担心。你从什么时候起就这样灰心？这不是正常的，这不是自然的。里面一定有点儿缘故。"

"对呀，这是从我小的时候就发生了的。在幼年时候，我受过一次打击，这次打击造成了我毕生的黑暗世界。"

"究竟是什么？"

"你可是想知道这件事？听我说吧。你既然曾经在暑假期间到我家里去过五六次，你现在自然还记得我从前住的那个古堡！你记得那座盖在一个大风景区中心的灰色大房子，那些对着四方展开的榆树成林的长夹道！你记得我的父母都讲礼貌，都是庄重而又严肃的。"

"我钟爱我的母亲，害怕我的父亲，此外因为见惯了谁在二老跟前都要鞠躬，所以我对二老同样地敬重。在当地，二老是本地的伯爵和伯爵夫人；并且我们那些邻居，譬如达恩马尔，辣瓦雷和布雷恩维尔那些人家，对于二老也表示一种极崇高的敬意。"

"那年，我十三岁。我原是快乐的，对什么都满意的，正同大家在那种年龄充满着生活幸福一样。

谁知那年九月底，快要回校以前的某一天，我正在园子里独自做'跳狼'的游戏，在树的枝叶中间跳来跳去，偶然抬头向一条夹道望过去，瞧见了二老正在那里散步。

那件事，我现在还记得仿佛像是昨天的一样。那一天是一个起大风的日子。整行的树木都在狂飙之下弯曲，呼啸，仿佛迸出许多叫唤声，许多震耳而不可测的叫唤声，树林子全卷入了风暴里。

树上那些被风卷下来的黄叶像鸟儿一般飞舞盘旋然后落下来，随后又像一些疾驰的动物一般沿着夹道奔跑。

天色晚了。在茂密的树木丛里已经相当晦暗。狂风和树枝所生的激动使我兴奋起来，于是我发狂似的跳着，并且模仿狼嗥的声音。

我一下望见二老，我就用偷偷掩掩的脚步在树枝底下跟随过去，预备使二老吃惊一下子，如同我是一个真正无家可归的游荡者。

但是我走到二老跟前几步的地方，就因为害怕而停步了。我父亲正怒气冲天地大声说：'你母亲是个糊涂人，此外，这件事本与你母亲并不相关，不过与你有关而已。我告诉你，我必须用那笔钱，我要你签字。'

我母亲毅然答道：'我将来决不签字。那些东西是约翰的财产，我替他保管着，并且不愿意你像花掉了你自己得来的遗产一样，又在妓女和女佣人身上再去花掉约翰的。'

于是我父亲气得浑身发抖了，转过身去抓住我母亲的脖子，用另一只手迎面使劲去打她老人家。

我母亲的帽子落了，散了的发髻也披开了，她老人家极力躲避，却没有达到目的。而我父亲却像发狂似的打了又打。她老人家滚到地上了，两只胳膊捂住了脸。于是我父亲为了再去打母亲就把她老人家揪着仰卧在地上，去扳开她老人家那双掩着脸的手。

我呢，好朋友，我那时候以为世界末日快到了，天理已经变了。我感到了慌乱，正像一个人面对着鬼怪，面对着巨祸，面对着不可补救的灾殃。我的幼稚头脑紊乱了，发狂了。因为一种恐怖，一种伤心和一种惊骇擒住了我，我莫名其妙地开始尽力狂叫起来。我父亲听见了我的声音，回过头来望见了我，就站起对着我走。我以为他会来杀我，我就像一只被人追赶的野兽似的一直向前对着森林里飞跑。

我一口气也许跑了一小时，也许两小时，现在真没法知道。天色黑了，我筋疲力尽倒在草上了，接着就躺在那儿，如痴如醉，恐怖之感吞噬了我，一阵永远摧折孩童心灵的悲痛侵蚀了我。我那时候觉得冷了，我也许饿了，天明了，我既不敢起来，又不敢行走，也不敢回去，更不敢遁逃，怕的是遇见我已经不愿再看见的父亲。

倘若不是看守森林的人寻着了我，又使劲来牵了我回去，我也许会由于困苦和饥饿，早已死在我那棵树的底下了。

回到了家里，我觉得二老的神情面貌和通常一样。我母亲仅仅向我说：'你先头真教我害怕，不像样的孩子！我简直一夜没有睡觉。'我什么话也没有答复，不过大哭起来。我父亲一句话也没有说。

八天以后，我又回中学了。

唉！好朋友，在我看来简直是完了。我早已窥见了种种事情另外的那一面，坏的那一面，从那天以后，我看不见好的那一面了。一些什么事在我头脑里经过了？什么古怪现象转变了我种种念头？现在还不知道。不过无论对于什么，我从此不感兴趣，不感需要，不爱谁，没有欲望，大志或者希冀。我只始终望见我可怜的母亲躺在树底下夹道里的地上，我父亲正殴打她老人家。——现在我母亲死了好多年了。我父亲却还活着。不过我再没有看见过他了。——堂倌，来一大杯！……"

有人端了一大杯给他，他一口气通通倒在喉管里了。他拿起他的烟斗，不过因为他身体抖得真厉害，竟打碎了它。这样一来，他就做了一个失望的手势，接着又说："看哟！这是真正的悲伤！我每个月要熏黑一管新的。"

末了，他对着那个已经充满了烟雾和顾客的大厅，发出他那声永不变更的叫唤："堂倌，来一大杯，——和一根新烟斗！"

著名影片《泰坦尼克号》中女主角历经沧桑后将钻石"海洋之心"慢慢地放进海水中。她放下的不仅仅是项链，还有对爱人的思念，对幸福的诠释，对希望的憧憬。因为在生死关头爱人慢慢消失在冰冷的海水中，她觉得"海洋之心"会替她聆听爱人的私语，感受爱人的蜜意，那么莫泊桑笔下的朗丹又是如何赋予珠宝新意的呢？

朗丹先生在副科长家里的一次晚会上，遇到了这个年轻姑娘，从此就堕入了情网。

她的父亲是外省的一个收税官，死了已经有好几年。后来她跟着母亲来到了巴黎。她的母亲指望把她嫁出去，常常到附近几家中产阶级人家去。她们穷虽穷，可是为人正派，稳重而且和蔼。这个年轻姑娘仿佛是规矩女人的完美无缺的典型，每一个明智的年轻人都梦想着把自己的一生托付给这种典型的女人。她的淳朴美里有一种天使般的贞洁的魅力，从不离开嘴唇的那一丝不易觉察的笑意，仿佛是她心灵的回光。

人人都称赞她，凡是认识她的人都再三夸奖说："娶她的人肯定会幸福。再也找不到比她更好的了。"

朗丹先生那时在内政部里当主任科员，每年的薪水是3500 法郎。他向她求婚，娶了她做妻子。

跟她在一起，他的幸福简直是难以用笔墨形容。她勤俭持家，精打细算，因而他们的日子好像过得很阔绰。她对丈

正面描写朗丹先生的妻子，是个"贤妻的典型"。与后文中虚荣、欺骗的她形成强烈的反差。体现了作者艺术构思的巧妙。

夫无比关心、体贴、温存。而且她本人的诱惑力又是那么大，虽然他们相遇已经有六年了，可是他比开头那些日子还要爱她。

他责备她的，只有两个嗜好：爱看戏，爱假珠宝。

她的朋友们（她认识几个小官吏的妻子）经常能够替她搞到包厢，请她去看当时风行的戏，甚至首次上演的新戏；她不管她丈夫愿意不愿意，总是拖着他一块儿去，不过一天工作下来，这种消遣反而增加他的疲劳。因此，他恳求她请一位她认识的太太陪她去看戏，只要能送她回来就成。她认为这个办法不太合适，所以说来说去怎么也不肯答应，直到最后才为了讨好他，勉强让了步，他对她有说不出的感激。

然而，这种爱看戏的嗜好，很快地引起了她爱打扮的需要。不错，她的服装还是跟从前一样简单，既风雅而又朴素；而且她那温柔的美，她那令人倾倒的、谦逊的、含笑的美，仿佛从她朴素的打扮里得到一种新的风韵，但是她渐渐地养成了一种习惯，爱在耳朵上戴两粒冒充钻石的大莱茵石。她还戴假珍珠的项链、赛金的镯子和镶着五颜六色的、代替宝石的玻璃钻的梳子。

她的丈夫有点不满意这种对假货的爱好，常常说："亲爱的，对一个买不起真珠宝的人来说，美丽和妩媚就是她的装饰品，再说，这也是世上最稀罕的珠宝。"

但是她露出温柔的笑容，每一次都这么回答："有什么办法呢？我爱好这个。这是我的缺点。我也知道你说得对，可是本性难移呀。我当然更喜欢有真的珠宝！"

她一边用手指转动着珍珠项链，或者让宝石的切面放出夺目的光彩，一边不停地说："你倒是瞧瞧呀，做得多么好。简直跟真的一样。"

他微笑着说："你的趣味倒跟吉卜赛人一样。"

这两个嗜好为以后的情节发展埋下了伏笔。

嗜好（shìhào）：特殊的爱好（多指不良的）。

风韵（yùn）：优美的姿态（多用于女子）。也指诗文书画的风格、韵味。这里指前者。

妩媚（wǔmèi）：形容女子、花木等姿态美好可爱。

有时候，到了晚上，只有他们俩待在炉火旁边，她就把装着朗丹先生所谓"便宜货"的摩洛哥皮匣子捧到茶桌上，开始热情地细细观看那些假珠宝，好像其中有一种无穷的、秘密的乐趣似的。她还一定要把一串项链挂在她丈夫的脖子上，为的是挂上以后，好痛痛快快地笑一番，然后大声说："瞧你有多滑稽！"接着就扑到他怀里，像发了疯似的吻他。

一个冬天的夜里，她从歌剧院回来，冻得全身直打哆嗦，第二天不停地咳嗽，一个星期以后就害肺炎死了。

朗丹差一点儿也跟她进了坟墓。他是那么失望，不到一个月的工夫头发都变白了。他从早哭到晚，难以忍受的痛苦撕碎了他的心灵，回忆、笑容、声音以及死者身上的种种魅力不断地出现在他的脑际。

时间并没有减轻他的悲伤。往往在上班的时候，同事们正在聊当天的新闻，会忽然看见他双颊一鼓、鼻子一皱，眼睛里含着两包泪水：他做出一副苦相，接着就呜呜地哭起来。

他让亡妻的卧室保持原状。他每天都要把自己关在里面想她，所有的家具，甚至连她的衣裳，都像她临死那天一样放在原来的地方。

但是生活对他来说越来越困难了。他的薪水在他妻子的手里，足够家里的一切开支，现在剩下他一个人，反而不够用了。他奇怪她哪儿来的那么大的本领，居然能够让他天天喝上等的酒，吃精美的食物，如今他靠他那微薄的收入再也没法弄到了。

他借了几笔债，像穷得走投无路的人一样，千方百计地想办法找钱。终于有一天早上，离着月底还有整整一个星期，手上却连一个子儿也没有了。于是他打主意变卖东西。他立刻想到了他妻子的那些"便宜货"，因为他心里对这些从前叫他生气的"冒牌货色"还怀着怨恨。甚至每天看见它们，都

说明妻子很爱他的丈夫。

他之所以这样做就是为了表达对亡妻的怀念之情。

生活奢华，与家庭收入状况是很不相称的，布下一个疑点。

会损害到对他心爱的人的回忆。

他在她留下的那一堆假货中找来找去，找了很久，因为她一直到临死前几天还不断地买回来，差不多每天晚上都要带一样新东西回来。他决定卖掉她好像特别喜欢的那串大项链，因为虽是假货，可是做工考究，想来还可以值个七八法郎。

他把它放在衣袋里，顺着一条条大街，朝部里走去，打算找一家可靠的珠宝店。

他终于看到一家，走了进去，一想到露出一副穷相，变卖这样一件不值钱的东西，他又觉得有点儿不好意思。

"先生，"他对商人说，"我想请您估估这件东西。"

那个人接过来翻来覆去地仔细看了一阵儿，又掂了掂分量，拿起一个放大镜，把他的伙计叫过来，小声嘀咕了几句，然后把项链放在柜台上，瞧瞧远看的效果如何。

这样小题大做反把朗丹先生弄得很不自在，他张嘴正要说："噢！我也知道它值不了几个钱。"那个珠宝商却先开口了："先生，值 1.5 万法郎；不过您得先把它的来源告诉我，我才能够收购。"

这个鳏夫两只眼睛睁得老大，愣在那儿，一下子糊涂了。临了，他结结巴巴地说："您说什么？……您没有估错吧。"对方误会了他惊讶的原因，冷冷地说："您可以到别处去问问，看别人是不是肯出更高的价钱。照我看，它顶多值 1.5 万。如果您找不到更好的地方，就再来找我好了。"

朗丹先生完全变成了一个傻子，他需要一个人去好好考虑考虑，于是拿起项链走了出去。

但是一到街上，他反而想笑了。他想："傻瓜呀！傻瓜！我要是当时就卖给他呢？居然有这么一个不辨真假的珠宝商人！"

翻来覆去：来回翻身；一次又一次，多次重复。这里指后者。形容商人做生意时十分谨慎。

形象地描绘出了朗丹的惊讶，表现了莫泊桑语言的精练。

他走进和平街口的另一家首饰店。老板见了这件首饰，就立刻叫了起来：

"嗳呀！我可认识这串项链，它是从我们这儿卖出去的。"

朗丹先生感到很惊慌，问：

"值多少钱？"

"先生，我是 2.5 万法郎售出的。我准备出 1.8 万法郎收回来，不过按照法律规定，您得先把这件东西弄到手的经过告诉我。"

这一次，朗丹先生惊奇得两腿发软，坐了下来。他说："不过……不过，您再好好看看，先生，我一直以为它是……假的呢。"

首饰商人又问："您愿意告诉我，您姓什么吗，先生？"

"当然愿意。我姓朗丹，我是内务部的科员，住在殉道者街 16 号。"

商人打开账簿，查了查，说："这串项链的确是在 1876 年 7 月 20 日送到朗丹太太的住所，殉道者街 16 号去的。"

两个人你望着我，我望着你，科员惊讶得简直要发疯了，首饰商疑心他是个贼。

首饰商接着又说："您愿意把这件东西在我这儿放 24 小时吗？我可以给您出一张收据。"

朗丹先生结结巴巴地说："当然可以。"他把纸条折起来，放在衣袋里，走了出去。

他穿过大街，继续朝前走，走着走着发现走错了路，又转过身来往回走，走到了杜伊勒里宫，过了塞纳河，一看又走错了，于是又回到香榭丽舍大街，脑子里乱得没有一点儿主意。他想好好地考虑考虑，弄明白到底是怎么回事。他的妻子没有力量买一件这样贵重的东西——当然没有。那么，这是别人送的一件礼物了！礼物！谁送的？为什么送呢？

写出了朗丹思想的混乱、迷茫，开始对妻子产生怀疑，假珠宝变成真珠宝，真妻子却变成了伪妻子，寓辛辣的嘲讽于含蓄的描写中。

他停下来，呆呆地立在大街中间。可怕的疑窦掠过他的脑海。莫非她？这么说，其余的珠宝也都是礼物了！他觉得地在摇晃，觉得面前的一棵树倒下来，他伸出双臂，倒在地上，失去了知觉。

等他醒过来，才发现自己在一家药房里，原来是过路人把他抬来的。他请人送他回家，随后就把自己关在屋里。

他伤心地哭到天黑。咬住一块手绢，免得哭出声来。最后他又疲乏，又伤心，支持不住，倒在床上昏昏沉沉睡着了。

一道阳光照醒了他，他慢腾腾地起来，准备到部里去。受到这样的打击以后，再要工作是很困难的。他考虑了一下，觉得可以请求科长原谅，于是写了一封信。接着，他想到了应该再到首饰店去一次，想到这儿，臊得满脸通红。他考虑来考虑去，无论怎么说，总不能把那串项链留在那家店里；于是他穿好衣服，走了出去。

天气晴朗，蔚蓝的天空覆盖着这笑脸迎人的城市。几个无所事事的人两手插在衣袋里在街上闲逛。

朗丹先生望着他们走过，对自己说："有财产的人多么幸福啊！一个人有了钱，甚至连忧愁都可以摆脱，他爱上哪儿就上哪儿，他可以旅行，可以寻欢作乐！啊！要是我有钱就好了！"

他发觉肚子饿了，因为从前天晚上起，他就没有吃过东西。但是他的口袋空空的，于是他又想起了那串项链。1.8万法郎！1.8万法郎！这笔数目真不小呀！

他走到和平街，开始在首饰店对面的人行道上踱来踱去。1.8万法郎！一连有20次，他都差点儿走进去，可是每次都被羞耻心拦住了。

然而，他肚子饿，饿得很厉害，而且又没有一个子儿。他突然下了决心，为了不让自己有考虑的时间，一口气奔过

最初朗丹是羞耻、震惊的。但随着情节的发展，人物的性格在发生变化。

大街，冲进了首饰店。

　　商人见了他，连忙迎上前，面带笑容，彬彬有礼地搬来一把椅子。伙计们也过来了，他们眼睛里，嘴边也都带着笑意，不断地瞟着朗丹。

　　珠宝商开口说："我已经打听过了，先生，如果您没有改变主意，我可以立刻照我出的价钱付款。"

　　科员结结巴巴地说："当然没有改变。"

　　首饰商人从抽屉里取出 18 张大钞票，点了一遍递给朗丹。朗丹在一张小收据上签了字，用一只颤巍巍的手把钱放在衣袋里。

　　他正打算出去，又转过身来，垂下眼睛，对一直在微笑的商人说："我……我还有别的珠宝……都是从……同一个人那儿继承来的。您都愿意收买吗?"

　　商人鞠了个躬，说："当然愿意，先生。"

　　有一个伙计跑出去了，为的是笑个痛快。另外一个伙计使劲地擤鼻子。

　　满脸通红的朗丹用若无其事的严肃口吻说："我去给您拿来。"

　　他叫了一辆马车，回去拿首饰。

　　一个钟头以后，他回到首饰店，到这时候他还没有吃早饭。他们开始一件件地研究，一件件地估价。几乎全部都是这家店里卖出的。

　　朗丹现在也撕破脸皮争价钱了，他发脾气，要人把账簿给他看；随着金额的增加，他的嗓门也越提越高。

　　大粒的钻石耳坠 2 万法郎；镯子 3.5 万法郎；胸针、戒指和链坠儿 1.6 万法郎；一件用祖母绿和蓝宝石镶成的首饰 1.4 万法郎；一条当项链用的金链连同吊着的独粒钻石 4 万法郎；总数共达 19.6 万法郎。

表现了商人的热情态度，同时也说明了这个商人懂得经商之道，很会做生意。

20 万法郎的魅力终于战胜了他的自尊和良心。为了金钱而丢掉了尊严，表现了朗丹的不知羞耻。

商人用开玩笑的口吻说：

"这些东西的主人把所有的积蓄都存在珠宝上了。"

朗丹一本正经地说："这也是一种存钱的方法，并不特殊。"他又和买主约好第二天还要约请行家复查，然后走了出来。

到了街上，他看见旺多姆纪念柱恨不得跟爬夺彩竿似的爬上去。他感到自己身轻如燕，只要一纵身，就可以和柱顶上高耸入云的皇帝雕像玩玩跳背游戏。

表现了朗丹有了钱以后的轻松、雀跃的心情。

他到瓦赞饭店吃了中饭，喝的是 20 法郎一瓶的酒。

吃完饭，他叫了一辆马车，到布洛涅树林去兜风。他带着几分轻蔑的神气望着来来往往的车马，恨不得向行人嚷叫："我也有钱。我有 20 万法郎！"

他想起了内务部，连忙叫马车送他去。他大模大样走进科长办公室，说：

可以看出朗丹灵魂的卑下和腐朽。

"先生，我是来向您辞职的。我得到了一笔 30 万法郎的遗产。"他又去和老同事们握手告别，把自己将来的生活打算告诉他们，然后到英国咖啡馆去吃晚饭。

他正好坐在一位看上去好像很有身份的绅士旁边，心里痒痒的，忍不住想炫耀一下，于是告诉这位先生，他刚刚得到了一笔 40 万法郎的遗产。

有生以来，他第一次对看戏不感到厌烦，他还和一些妓女混了一夜。

半年以后，他又结婚了。他的第二个妻子虽然很规矩，可是脾气难侍候，给他带来了许多痛苦。

▌情境赏析▐

《珠宝》中，男主人公朗丹是个政府小职员，娶了一位家境贫寒但正派贤良美貌端庄的女子为妻。女子聪明能干，把家打理得井井有条，日子过得应有尽有，优裕阔绰，并且对朗丹也是体贴入微，浓情密意，所以尽管结婚六年，但朗丹对妻子爱恋更甚当初。妻子什么都好，就是喜欢假珠宝和爱上戏院让朗丹不满，但妻子不顾他的反对，仍然购买假珠宝佩戴，并常常赏玩，仿佛有无穷的乐趣。如朗丹夫人"一边用手指转动着珍珠项链，或者让宝石的切面放出夺目的光彩，一边不停地说："你倒是瞧瞧呀，做得多么好。简直跟真的一样。"用语言和动作的细节描写把一个虚荣的女人描写得透透彻彻。这些描写使得小说更加生动。

不可否认，故事情节有些离奇，但其中处处凸显的人性却让人觉得真实可信、感叹唏嘘。

▌名家点评▐

《珠宝》所揭示的事实和道理，本来是资本主义社会司空见惯的最寻常的生活现象和逻辑，莫泊桑的本事是化平淡为新奇，写出了这篇真真假假、以假衬真的故事，而且剖析了人物的灵魂，所以才会令人读了"啼笑皆非"、慨叹不已，这就是作者运用疑笔进行构思所产生的艺术力量。

——鲁迅

蛰居深山的一对老夫妻，看来晚景凄凉。谁想得到，他们早年因情私奔，在洛林贵族还曾轰动一时：团长的千金，既美丽又富有，看上了穿蓝色军装的骑兵，等他服役期满，相随逃到蛮荒的海岛，一住50年。"年纪轻轻就放弃了生活，放弃了世界和曾经养育过她、爱过她的那些人"，接受这种没有魅力、没有奢华的生活，变成一个头戴便帽，身穿布裙的农妇！而斗转星移，当年的英俊小伙已成了龙钟老汉。两人的浪漫归于平淡，构成"一段离奇而简单的故事"。

语言优美，富于诗意，有一种朦胧而遥远的意蕴美。

这是在上灯前喝茶的时候。别墅俯瞰着大海，太阳已经落山，留下满天的红霞，而且好像撒上了一层金粉。地中海上风平浪静，那平坦的海面在即将逝去的日光下闪闪发亮，看上去如同一块其大无比的、光滑的金属板。

远远的，在右边，那些锯齿形的山峰在淡红色的晚霞里显露出它们黑魆魆的身影。

大家谈到了爱情，议论这个老题目，谈的都是那些老生常谈的事情。黄昏的淡淡的忧郁气氛使谈话变得很温和，使一个个人心情都很激动。"爱情"这个词不断地重复出现，时而由一个洪亮的男嗓音说出来，时而由一个轻快的女嗓音说出来，仿佛充满在这间小客厅里，像鸟儿似的飞翔，像幽灵似的盘旋。

一个人能够持续不断地爱许多年吗？

"是的。"有人这么肯定。

"不。"也有人这么断言。

　　他们区别一些不同情况，划清一些界限，举出一些例子。
每一个人，不论男女，都充满了回忆，那些使人烦乱的回忆
纷至沓来，尽管到了嘴边，却不能说出口，加以引用，因而
弄得他们看上去好像十分激动，带着深刻的情绪和强烈的兴
趣谈论这件既平凡又高尚的事——两个人之间的神秘的感情
结合。

破折号起解释
说明的作用。

　　但是突然有一个人，他眼睛望远处，嚷了起来：

　　"啊！瞧，那边，那是什么？"

　　远在天边的海面上浮现出一团灰色的东西，体积庞大，
模糊不清。

　　女人们站起来，困惑不解地望着她们从没见过的这样惊
人的东西。

　　有人说：

　　"这是科西嘉岛！每年在某些特殊的气候条件下，空气清
澈透明，没有经常笼罩着远处的那种水蒸气形成的雾霭，就
可以看到它两三次。"

由科西嘉岛而
引出下文的关
于幸福的爱情
故事。

　　山脊隐隐约约可以辨认出来，甚至还有人认为看到了山
峰上的积雪。这个意外地出现的世界，这个从海里钻出来的
幽灵使所有的人都感到惊讶，感到不安，几乎还感到了恐惧。
那些像哥伦布一样到未经勘探过的海洋去旅行的人，说不定
会见到这样的奇景。

　　这时候有一位还没有开过口的老先生说：

　　瞧，这个岛出现在我们面前，好像是为了用它自身来回
答我们谈论的问题，使我想起了一件离奇的往事。我曾经在
这个岛上看到过一个忠贞不渝的爱情的例子，令人难以置信
的幸福的爱情的例子。这是个非常了不起的例子。

忠贞：诚而坚
定不移。形容
爱情的稳固。

　　请各位听听吧：

五年以前我到科西嘉去旅行。这个蛮荒的岛屿对我们来说，比美洲还要陌生，还要遥远，虽然在法国的海岸有时候能像今天这样看见它。

请你们想象一个还处在混沌状态中的世界吧！除了山就是山，山与山之间是狭窄的沟壑，里面淌着湍急的流水，没有一片平原，只有像巨大的波涛似的花岗岩和起伏很大的土地，土地上覆盖着灌木林或者栗树林和松树林。这是一块没有耕种过的、荒凉的处女地，虽然有时候也可以看到一个村庄，看上去就像山顶上的一堆岩石。没有农业，没有工业，没有艺术。你永远不会遇到一块加工过的木头、一片雕刻过的石头，永远不会遇到一样纪念品，说明祖先们对优雅美丽的事物的幼稚的或者是高雅的爱好。对迷人的形式的追求，我们称之为艺术。在这块景色壮丽而又严峻的地方，最使人感到惊讶的，正是世代相传的对这种追求的冷漠态度。

在意大利，每一座充满杰作的宫殿本身就是一件杰作：大理石、木头、铜、铁、金属和石头都证明了人类的才华；在老房子里放着的那些古老的东西，哪怕是最小的，都显示出这种对美的无比崇高的企求。意大利对我们每个人来说都是神圣的祖国，我们爱它，是因为它向我们展示了，向我们证明了具有创造性的智慧的努力、伟大、威力和胜利。

在它的对面正是蛮荒的科西嘉，简直就像还停留在当初刚降生的时代。那儿的人住着粗糙简陋的房子，凡是与自己的生活或者与自己家庭的纠纷无关的事，都不关心。他们继续保留着缺少教养的民族的缺点和优点，他们暴躁，好记恨，无意识地残忍凶暴，但是他们也好客，慷慨，忠诚，单纯；他们打开门欢迎每一个过路的人，哪怕是一丁点儿同情他们的表示，他们都愿意用真诚的友谊来报答。

用客观的笔触描写了环境的荒凉，其实是为下文中的爱情而预设一个背景，从而表现了一个离奇而简单的故事，令人难以置信的幸福。

记恨：把对别人的怨恨记在心里。

　　唔，我在这个景色壮丽的岛上漫游了一个月，感到好像是到了世界的尽头。没有旅店，没有酒馆，没有公路。你沿着骡子走的小道来到那些挂在半山腰、面临弯弯曲曲的深渊的村庄，到了晚上可以听见从深渊里传上来的连续不断的响声，那是急流的低沉、深长的响声；你敲敲那些房子的大门，你要求让你留宿一夜或供你吃到第二天；你坐下来吃那简单的饭菜，你睡在简陋的房子里。到了早上，你握住主人伸出的手告别，他一直把你送到村边。

　　后来，有一天在走了十个钟头的路程以后，傍晚来到了一所孤零零的小房子跟前。这所房子在一条狭窄的山谷里，山谷在一法里以外通到大海。两道陡峭的山坡上覆满丛林、坍落的岩石和大树，像两堵阴暗的墙锁住这凄凉悲惨的沟壑。

这五十年的艰苦困顿，是在为早年的一见钟情付代价。

　　茅屋的周围有几株葡萄，一片小园子，再远些有几株高大的栗树；总而言之，吃的有了，对这个穷地方来说这算是一笔财产了。

　　接待我的那个女人已经上了年纪，态度庄严，衣衫整洁，这在当地是少见的。男的坐在一把草椅子上，立起来向我行礼，然后又坐下来，没有说一句话。他的老伴对我说：

　　"请您原谅他；他的耳朵现在聋了。他今年82岁。"

　　她说的是纯正的法语。我感到惊奇。

　　我问她：

　　"您不是科西嘉人？"

　　她回答：

　　"不是，我们是大陆上的人。不过我们住在这儿已经有五十年了。"

热闹的城市与凄凉的角落形成鲜明对比。自然会产生不安和恐惧。

　　想到在这个远离热闹的城市、凄凄凉凉的角落里度过的这五十个年头，我不由得感到了不安和恐惧。一个老牧羊人回来了，大家开始吃只有一道菜的晚饭，是用土豆、肥肉和白菜放在一起熬的浓汤。

这顿简单的饭很快吃完以后，我来到门外坐下，望着阴郁的景色，我的心由于景色的凄凉而揪紧了，出门人在愁闷的傍晚，在荒凉的地方，往往会感到忧伤，我的心里这时也感到了忧伤。就好像生活、世界，一切一切都快要结束了。你突然一下子看见了可怕的人生苦难，离群独居，一无所有，难以忍受的内心孤独，一直到死都靠着梦想来自我安慰和自我欺骗。

老妇人来到我跟前。即使是最听天由命的人，心灵深处也还有着好奇心，她正是在这种好奇心的折磨下，问道：

"您是从法国来的吗？"

"是的，我出来游山玩水。"

"您也许是从巴黎来的吧？"

"我是从南锡来的。"

我觉得她好像非常激动。这一点我是怎样看出或者不如说是怎样感觉出来的，可就说不上来了。

她慢吞吞地跟着说了一遍：

"您是从南锡来的？"

那个男的出现在门口，像所有聋子一样，脸上毫无表情。

她接着说：

"没关系。他听不见。"

过了几秒钟以后她又说：

"这么说，您认识南锡的人了？"

"当然，差不多所有的人我都认识。"

"圣阿莱兹家的人认识吗？"

"认识，而且很熟，他们是家父的朋友。"

"请问您贵姓？"

环境描写，衬托出"我"的心情。表面写景其实是写情。

急切地打听家乡、亲人，表现了她内心割不断的血缘牵挂。

　　我说了我姓什么，她聚精会神地望着我，然后用回忆起往事时的那种低低的声音说：

　　"对，对，我记起来了。布里瑟玛尔一家子，他们现在怎么样了？"

　　"全都死了。"

　　"啊！西尔蒙一家子，您认识吗？"

　　"认识，最小的一个现在当将军了。"

　　这时候她激动、她苦恼，她有了我也说不清是怎样的一种强烈、神圣的混乱感情，她有了我也说不清是怎样的一种需要：需要承认，需要说出一切，需要谈谈她一直闷在心底里的那些事，还有那些提起名字就会扰乱她内心平静的人。因此她浑身哆嗦着说：

　　"是的，亨利·德·西尔蒙，我知道他。他是我的弟弟。"

　　我大吃一惊，抬起头来望着她，猛然间我想起了一件事。

　　从前发生过一件轰动整个洛林贵族阶层的大事，一个年轻姑娘，又美丽，又有钱，叫苏姗娜·德·西尔蒙，被她父亲指挥的那个团里的一个轻骑兵士官拐走了。

　　这个引诱团长女儿的士官，是个英俊的小伙子，虽然是农家子弟，但是穿起骑兵的蓝色短军服显得非常神气。大概是骑兵队伍经过时，她看见了他，注意了他，并且爱上了他。但是她怎么跟他说话，他们又怎么能够见面，互相约定呢？她怎么敢让他明白她爱他呢？这个就从来没有人知道了。

　　没有引起丝毫猜测，也没有引起丝毫怀疑。一天晚上，那个当兵的刚服役期满，就跟她一起不见了。到处寻找他们，但是没有能够找到。从此以后再也没有得到他们的消息，大家都以为她已经死了。

　　没想到我却在这个阴森可怕的山谷里遇到了她。

插入的这个故事点明了苏姗娜为了爱所放弃的富足的世界，关爱她的那些人，与现在的艰苦、孤寂生活形成强烈的反差。

阴森：(地方、气氛、脸色等)阴沉，可怕。

于是轮到我说了：

"是的，我记起来了。您是苏珊娜小姐。"

她点了点头。泪珠从她的眼睛里滚下来。接着她朝呆坐在茅屋门口的那个老人望望，对我说：

"就是他。"

我明白了她仍旧爱着他，她仍旧用迷恋的眼光望着他。

我问：

"至少您过去幸福吧？"

她用发自内心深处的声音回答：

"啊！是的，很幸福。他曾经使我很幸福。我从来没有后悔过。"

我凝视着她，既感到悲哀和意外，也对爱情威力之大感到惊异！这个富贵人家的姑娘跟随了这个男人，这个农民。她自己也变成了一个农民。她接受了他的那种没有魅力、没有奢华、没有任何一种雅致考究的生活，她适应了他的简朴的习惯。她仍旧爱他。她变成了一个戴着便帽、穿着布裙子的乡下女人。她在白木桌子前，坐在草椅子上，用一只瓦盆子吃白菜、土豆加肥猪肉熬的汤，她挨着他睡在一条草垫上。

她除了他从来没有想过别的！她并不惋惜首饰，丝绸，优雅、柔软的坐椅，四面张着帷幔的香暖的房间，以及身子钻进去后可以得到舒适的休息的鸭绒被。她除了他什么也不需要，只要有他在身边，她什么也不求了。

她年纪轻轻就放弃了生活，放弃了世界和曾经养育过她、爱过她的那些人。她单独一个人跟他来到这个蛮荒的山谷里。对她来说，他就是一切，就是一个人所能要求的一切，所能梦想的一切，所能无限希望的一切。他使得她的一生从开始到结束都充满了幸福。

考究：查考，研究。精美。这里是精美的意思。

不幸的家庭固然各有各的不幸，但幸福的家庭也各有各的幸福。

排比句式有力地表现了她对他的信赖感，以及由此而滋生的爱和幸福。

她不可能更幸福了。

这一整夜我听着那个老兵的嘶哑鼾声，他躺在简陋的床上，身边是跟着他来到这个如此遥远地方的女人。我一边听一边想着这段离奇而简单的故事，想着这个幸福，它如此充实完美而它的要求又如此之少。

太阳出来了，我握过这一对老夫妻的手以后就动身了。

说故事的人闭上了嘴。有一个女人说：

"不管怎么说，她的理想太鄙下，她的需要太粗俗，她的要求太简单。这只可能是个傻子。"

另外一个女人慢吞吞地说：

"有什么关系，只要她幸福。"

那边，在远远的天边，科西嘉消失在黑夜中，慢慢地回到大海里，抹去了它那巨大的身影，好像刚才是为了亲自来叙述在它岸上居住着的一对谦卑的情人的故事，才特地显露出来的。

▌情境赏析▐

《幸福》的开头和结尾，都有远眺科西嘉岛的描写，山在虚无缥缈间，幸福似也在虚无缥缈间！故事的讲述者"我"曾在五年前到过这个孤岛，遇到一对穷苦的老夫妻，他们就是苏珊娜夫妇。在彼此交谈中，夫妇俩来到孤岛上的详细经过揭示出来，来到孤岛后的生活没有详细写，只是用几句话概括。故事讲完后，科西嘉岛也在夜色中消失了。哲人有言：想找幸福，注定不能找到。当幸福出现在云端，被你想象得如何美妙时，事实上幸福已在手中。

▌名家点评▐

一切物质的幸福，都是建立在数字之上。但是，真正的幸福，却是一种心灵的感受。

——（法）巴尔扎克

它没有那么轰动，意义那么鲜明，没有那么强烈的讽刺意味，它很普通——富家女苏珊娜爱上穷士兵，来到远离人烟的偏僻荒凉的岛屿上度过了五十年。没有什么诗句，词语可以用来形容这个故事，因为它太平凡，一点儿都不出众；也没有什么可以与之相比，因为永恒没有极限。

——（美）海明威

"僵卧孤村不自哀，尚思为国戍轮台。"抒发了诗人陆游对"国家"的执着热爱。自古以来，爱国主义便成为文学作品中最亮丽的色彩。这篇小说的主人公"野蛮大妈"虽然只是一位村妇，却以她独特的方式诠释着对"国家"的理解。

一

我已经有十五年没回过维尔洛涅了。今年秋天，我去那里打猎，来到我的朋友塞尔瓦尔家，他终于让人重新修好了他那座被普鲁士人破坏的城堡。

我非常喜欢那个地方。世界上有许多赏心悦目、妙不可言的角落，对那些角落我们怀有一种本能的爱。我们，还有许多被那些大地引诱的人，对某地的泉水，某地的树林，某地的池塘，某地的丘陵，都曾有过许多温馨的回忆，即使能经常看见，它们仍像那些甜美的往事一样让我们感动。有时，思绪甚至会回到森林的某个角落，或一段陡峭的河岸，或一片正开花的果园，仅仅在某个快乐的日子里见过一次，却留在了我们的心里，犹如一个春天的早晨，在街上遇见的身着明丽服饰的女子的身影一样，在我们的心灵深处，在我们的肉体上留下难以平息、难以忘怀的渴望，以及那种擦肩而过的幸福感觉。

我喜欢维尔洛涅的整个乡村，那儿到处都是小树林，小溪流犹如人的血脉一样从中穿过，在土地中流淌，给大地注入血液。人们在小溪中连螯虾、鳟鱼和鳗鱼都能捕到！这真是莫大的幸福！随便一个地方都可以游泳，小溪流两边的深草丛中经常能发现沙滩。

我轻盈得如同一头山羊一样往前跑，看着我的两条狗在我前头的草丛中搜寻。塞尔瓦尔在我右边一百米处的一块苜蓿田里搜索。我绕开了那片给索德尔森林做界线的灌木丛，发现一栋废弃的茅屋。

此时，我想起了1869年我最后一次见它时的样子，干干净净的葡萄藤爬满了墙，门前有许多母鸡。没有什么比一栋只剩下破败不堪、阴森可怕的骨架的死寂的房子更凄凉的了。

还记得有一天，当我累得筋疲力尽时，一位慈祥的太太叫我进屋去喝一杯葡萄酒，那时塞尔瓦尔跟我说起过住在屋子里面的人的故事。男主人是个老偷猎者，被警察打死了。他们的儿子我从前也见过，个头很高，干瘦干瘦的，也被人看作一个凶猛的猎人。旁人把他们叫作索瓦日——"野蛮人"。

这是他们的姓名吗？还是绰号？

我将双手围成喇叭形，叫了一声塞尔瓦尔。他迈着涉禽似的大步走了过来。

我问他：

"那所房子里的人现在都怎样了？"

于是他向我讲述了这个有些意外的故事。

二

在战争爆发的时候，33岁的小野蛮人应征入伍，于是母亲独自一人留在那栋茅屋里。人们并没有对老太太寄予过多的同情，因为大家都知道，她有钱。

就这样，她孤身一人留在这远离村镇、位于树林边上的茅屋里。尽管这样，她并不害怕，她和他们家的男人一样，是一个充满野性的老太太，高瘦的身材，不苟言笑，别人从不敢与她开玩笑。即使在田里干活的女人也几乎都是不带笑容的，笑，是男人们的事情！农妇们的心灵受限制，经常闷闷不乐，由于她们过的是一种沉闷乏味的生活，所以，她们的天空异常阴暗，见不到一丝晴朗。农民们在小酒店里寻得了一点点吵吵闹闹的快乐，可他们的妻子却总是一副严肃的表情，从她们脸上的肌肉神情来看似乎还没学会笑的动作。

这位野蛮大妈一如既往地在小茅屋里过着平常的生活，不久，大雪覆盖了小茅屋。她每个礼拜去一次村里，要点面包和肉，随后回到那所简陋的茅屋。人们说有狼出没，所以她出门时总背着那杆枪，那是她儿子的枪，已经生了锈，枪托也被磨坏了。这个高个子野蛮大妈佝着背，在雪地里迈着大步，枪杆比她的头高出一截，看上去非常怪。她头上戴着一顶黑帽子，将一头银白的头发包得严严实实，很少有人见过她的白头发。

有一天，普鲁士人来了，他们被分派到各户居民家去住，按居民的财产和收入定人数。因为人们知道老太太家有钱，于是分了四个人到她家里。

这是四个肥肥胖胖的小伙子，金黄色的皮肤，大胡子，蓝眼睛，虽然吃了不少苦，显得很疲惫，可还是胖乎乎的。他们都很乖，即使他们到了这个被他们征服的国家里。他们四个远离其他士兵，单独居住在老太太家里，对她体贴入微，尽量地不让她花太多的钱，费太多的力。一大早，野蛮大妈走来走去准备大锅汤时，人们看见那四个士兵穿着衬衣和背心，围在井边梳洗，在天寒地冻的雪天，把北方男人白里透红的肌肤浸泡在水里。再后来，又有人看见他们为她打扫厨房，擦洗玻璃，劈柴火，削土豆，洗衣服，几乎把家务活全包了，犹如四个围着母亲转的乖儿子。

可老太太，仍是不断地思念她自己的那一个，那个长着棕色眼睛、鹰钩鼻和两撇又浓又黑像软垫一样的小胡子的瘦瘦高高的儿子。每天，她都会问住在她家里的士兵："你们知道法国第 23 边防军团开到什么地方去了吗？我儿子就在那个团里。"

他们用很蹩脚的法语回答说："不，不鸡（知）道，一点儿都不鸡（知）道。"他们明白她的痛苦和忧虑，因为他们也有母亲在那边，因此他们对她的照顾更加无微不至。不管怎样，她很爱他们，爱她的这四个敌人，通常农民们不大有爱国仇恨，这种仇恨是上等阶层的人才有的。而这些普通老百姓付出高昂的代价，因为他们本来就很贫穷，新的负担又沉重地压在他们头上；大批大批被屠杀、充当真正的炮灰，因为他们人数最多；他们是残酷的战争灾难最大的受害者，因为他们最弱小，最没有抵抗能力。所以他们不太理解那种好战的热情，那些激动人心的荣誉攸关的事，以及那些在短短半年内谁胜谁败，都能把两个国家拖垮的所谓的政治手段。

当地人一谈到住在野蛮大妈家里的那四个德国人时，都说："他们四个算是找到了栖身之所。"

可是，一天早晨，只有老太太一个人在家的时候，她看见远处的平原上，有一个人朝她家走来。很快，她就认出他了，那是负责分送信件的邮差。他递给她一张折好的纸，她拿出缝纫时戴的眼镜，念道：

索瓦日太太，这封信对于您来说是一个噩耗。您的儿子维克多昨天被一枚炮弹击中，几乎被炸成了两截。我当时离他很近，平时在连队里我们总是肩并肩走在一起，他经常跟我谈到您，为的是一旦他有一天遭遇不幸可以通知您。

我在他的口袋里翻出了一只手表，等战争结束了，我再把它还给您。

我真挚地向您致敬。

23 边防军团二等兵：塞泽尔·李沃

这封信已经写了三个礼拜。

她没有哭，可几乎动弹不得，人都呆了，痛苦到了极点，使她一下子还感觉不到。她心里一直在想："维克多已经被人杀害了。"没过多久，眼泪渐渐地涌到了眼眶，痛苦攫住了她的心。各种既可怕又痛苦的想法一一涌上心头。她再也无法拥抱她的孩子了，她那个头很高的孩子，她永远也抱不着他了！警察打死了老头子，普鲁士人又要了她孩子的命……他被一枚炮弹炸成了两截。她仿佛目睹了那副情景，那可怕的情景：脑袋耷拉着，两眼睁得大大的，还咬着两撇大胡子的边角，和以前他发脾气的时候一样。

儿子被炸死后，他们是如何处理他的尸体的？如果他们把儿子的尸体还给她就好了，就像过去她丈夫被人送回来一样，子弹还留在前额上呢。

就在此时，她听见一阵说话的喧闹声，是那几个普鲁士人从村里回来了。她急忙把那封信藏进口袋里，并把眼睛擦干净，像往日一样神态自如地迎接他们。

他们四人都快活地笑着，因为弄回了一只肥兔子，无疑是偷回来的，他们跟老太太打手势，告诉她大家有好东西吃了。

她立即动手准备午饭，到了要宰杀兔子的时候，她却没了勇气。她也不是第一次杀兔子！一个士兵朝兔子耳朵后面打了一拳它就死了。兔子一死，她就把兔子的皮剥掉，露出兔子鲜红鲜红的肉。她看见自己手上沾着血，感到渐渐变冷、凝结的温暖的血，让她从头到脚都战栗不止。接着她总能看见自己被炸成两截的高个子儿子，也是全身鲜红，跟这个身子还在抽搐的畜生一样。

她和她的四个普鲁士人坐下一起吃饭，可她吃不下，一口都吃不下。那四个普鲁士人狼吞虎咽地吃着兔子肉，没有注意到她。她默默地从旁边打量他们，反复琢磨一个主意，但她脸上的表情非常平静，那四个普鲁士人也没察觉到什么。

突然，她问他们："我们在一起有一个月了，可我却连你们的名字都不知道。"他们费了好大劲才弄明白她的意思，接着就说出了各自的名字。她觉得这还不够，于是就叫他们把名字连同他们的家庭住址一起写在纸上。随后把眼镜架在高鼻梁上，仔细地瞧着那些陌生的文字，最后把那张纸折好放进口袋里，压在她儿子报丧的信上面。

吃完饭了，她对那几个普鲁士人说：

"我替你们干活。"

她开始往他们睡觉的阁楼上搬干草。

他们对她的行为感到吃惊，她便解释说，堆一些草就没那么冷，于是他们就一起帮她搬。他们把成捆的干草堆到屋顶那么高，做成了一间四面都是草料的大睡房，又暖又香，他们会睡得很舒服。

吃晚饭时，其中一个士兵发现这位野蛮大妈滴水未进，于是担忧起来。

她说自己得了胃痉挛，于是她就烧了一炉旺火给自己暖身子，那四个德国人也就从那架每晚都用的梯子爬上了那间卧室。

当阁楼的活板门一关上，老太太就扛走了那架梯子，并不声不响地打开了通往屋外的门，随后搬了许多捆麦秆，几乎堆满了厨房。她光着脚走在雪地里，静悄悄的，听不到任何声音。没过多久，她就听见四个熟睡的士兵响亮而又不规则的鼾声。

在她准备充分后，她将一捆草料丢进壁炉里。草料烧着后，她又把它们分别放在其他的草堆上，然后走出屋子，在外面看着。

片刻工夫，一片强烈的火光将茅屋照得通亮，很快那里面变成了一堆可怕的火炭，一个巨大的熊熊燃烧的烤炉，闪烁的火光从狭窄的窗户里蹿出来，在雪地上投下一片耀眼的亮光。

接着，一阵撕心裂肺的叫声从屋顶传出，那是人的哀号，恐怖的、令人心碎的呼号。这时，阁楼的活板门塌了下来，一团旋风样的火冲上阁楼，穿过茅屋顶，升上天空，犹如一个巨型的火炬。整个茅屋都着火了。

房子里，除了燃烧的噼啪声、墙壁的断裂声和屋梁的倒塌声外，听不见其他声音。屋顶突然塌了下来，这所房子燃烧的屋架在滚滚的烟雾中，向空中溅起了一大团火星。

白雪皑皑的原野在火光的映照下熠熠闪光，犹如一块染上了红色的银布。

远处有一座钟敲响。

索瓦日老妈站在那里，站在被烧毁的房子前面，手里握着枪，她儿子的那杆枪，以防有人从里面跑出来。

当她发现没什么事了，就把那杆枪扔到了火里。枪砰地响了一下。

来了不少人，有当地的农民，也有普鲁士人。

他们看见这个老太太平静、高兴地坐在一截树桩上。

一名精通法语的德国军官上来问她：

"您家里的那些士兵呢？"

她伸出瘦细的手臂，指着那堆逐渐熄灭的红色灰烬，大声说：

“在里面！”

人们把她围住。那名普鲁士军官又问道：

“这火是怎么着的？”

她说：

“是我放的。”

没人相信她的话，他们想，这场灾难把她害疯了。这时，所有的人都围在了她身边，听她把这件事从头到尾一五一十地说了，从收到那封信到同她的屋子一起葬身火海的士兵的最后一声叫喊。她把自己的所作所为和所思所想全都说了，没漏掉一个细节。

说完了，她从口袋里抽出两张纸，戴好眼镜，借着最后一点儿火光，拿出其中一张说：“这张是维克多的报丧信。”她出示另一张，撇撇脑袋指着红色的灰烬补充道：“这上面是他们的名字，可以照上面给他们家写信。”她平静地将那张白纸递给那名军官，军官揪住了她的肩膀。她说道：

“您把事情的前后经过写信告诉他们的父母，告诉他们是我做的。我叫维克多瓦·西蒙，野蛮大妈！别忘了！”

那名军官用德语下了命令，士兵们把她抓了起来，推到那所房子依然暖热的墙边。十二名士兵迅速地在她前面二十米的地方排好队。她岿然不动。她知道他们想做什么，她等待着。

一声令下，立即响起了一长串的枪声。有一枪放迟了，最后才响。

老太太并没倒下。她弯着身子，双腿似乎被斩断。

那名普鲁士军官走过去。她几乎被子弹扫成了两截，一只手紧紧地抓着那封被血浸透的信。

我的朋友塞尔瓦尔补充道：

“为了报复，德国人摧毁了那座城堡，我的城堡。”

我想到了被烧死在那里的四个乖孩子的母亲们，以及在那墙边被枪毙的另一位母亲的残暴的英勇行为。

我捡起一块小石头，石头还是黑的，是被那场大火熏黑的。

勋章，授予对国家有贡献的人的一种表示荣誉的证章。这自然要使我们那位一无所长、颇有资财、认识国会议员，又很自负的萨克尔芒先生产生羡慕之情了。

萨克尔芒热爱勋章之心据说从小就有，如今没有勋章，非常希望获得；但得不到它，又愤愤不平，怒斥政府恶浊，竟然滥发，到处不公道，所以要发生革命；但一遇荣誉军长官敢于威严地站在人行道上妨害交通，就直想向他们致敬。故事着墨不多，但写得委实生动传神。

有些人生下来就有一种突出的本能，一种爱好，或者是在刚会说话、会思想的时候就产生的一种愿望。

萨克尔芒先生从小脑子里只有一个念头，那就是获得勋章。在他还是个孩子的时候，就像别的孩子戴军帽一样，挂着镀锌的荣誉勋位勋章；他到了街上，挺着挂着红缎带和金属勋章的小胸脯，骄傲地让母亲牵着手。

他学习成绩不好，业士学位考试没有通过，他不知道应该干什么，于是娶了一个漂亮姑娘，因为他家里有钱。

他们像有些富裕的中产阶级那样住在巴黎，跟同一个阶层里的人来往，并不混入上流社会，他们认识了一位可能当部长的议员，感到很得意。他们的朋友当中还有两位师长。

但是在萨克尔芒先生的生命初期就钻进他脑袋里的那个思想，一直没有离开过，他因为没有权利在自己的礼服上挂一根小小的彩色缎带，而一直不断地感到苦痛。

他在林荫大道上遇见那些戴勋章的人，心里就像刀扎一样难受。他怀着强烈的忌妒心情斜着眼瞅他们。有时候下午时间长，他又闲着没事做，就一个个地数。他心里说："让我们瞧瞧，从玛德兰纳教堂到德鲁奥街我会遇见多少。”

　　他慢慢走着，仔细观察每一件衣服，他那双老练的眼睛，隔着老远就可以分辨出那个小红点儿。散步到头的时候，他总是对总数之多感到惊讶："八个军官级，十七个骑士级。岂有此理！像这样乱发勋章，简直是愚蠢。让我们再瞧瞧回去的路上是不是还会有那么多。"

　　他迈着缓慢的步子往回走，来往的行人很多，十分拥挤，他直担心会妨碍他的调查，会使他数漏。

　　他知道在哪些市区里可以遇到得最多。他们在王宫一带多如过江之鲫。歌剧院大街就不如和平街，林荫大道的右边就比左边多。

　　他们好像也偏爱某些咖啡馆、某些戏院。萨克尔芒先生每次看见一群白发苍苍的老先生停在人行道中间，妨碍交通，他心里就会说："这是一些军官级荣誉勋位获得者！"他恨不得脱帽向他们致敬。

　　他常常注意到，军官们的气派和普通的骑士两样。他们头部的姿势就不同，让人感到他们享有更高的敬意，更广泛的权势。

　　有时候萨克尔芒先生也会怒火中烧，对所有那些佩戴勋章的人恨得咬牙切齿。

　　他像饥饿的穷人在一家家大食品店门口经过一样，被他遇到的那么多的勋章所激怒，一回到家就大声叫嚷："到底要到什么时候咱们才能摆脱这个肮脏政府？"他的妻子大吃一惊，问他："你今天是怎么啦？"

　　他回答："我到处都看到不公正的行为，使我感到气愤。啊！那些公社分子做得真对！"

　　但是他吃完晚饭又出去了，他是出去瞧瞧那些出售勋章的商店。他仔细观看那些形状不同、颜色各异的勋章，恨不得能够全部据为己有，在举行公共典礼时，在挤满人，挤满惊奇赞叹的人的大厅里，带头走在一队人的前面。他胸部闪闪发光，顺着他的肋骨挂着一排排勋章，胳膊底下夹着可以折叠的高顶大礼帽，态度庄严地在一片热情赞赏的低语声中，在一片敬重的嘈杂声中走过去，活像一颗光彩夺目的明星。

　　唉！他没有任何功绩可以得到任何一种勋章。

他心里说："荣誉勋位勋章对一个没有担任任何公职的人说来确实太难了。我是不是可以试一试，争取得到一枚文化教育勋章！"

但是他不知道应该怎么做，他告诉他的妻子，她听了以后一下子愣住了。

"文化教育勋章？你做过什么可以得到它？"

他大发雷霆："你把我的话听明白。我正是在想应该做些什么。你有时候真笨。"

她露出了笑容；"当然你说得对。但是我不知道。"

他有了一个主意："你是不是跟罗塞兰议员谈谈，他也许能够给我出个好主意。我呢，你也明白，我不便直接跟他谈这个问题。太微妙，太困难，由你来说，事情就显得自然得多了。"

萨克尔芒太太按照他的要求去做。罗塞兰先生答应去找部长谈谈。萨克尔芒一再催促。议员最后回答他说，他应该提出一个书面申请，并且列举他的资历。

他的资历？糟糕。他甚至连业士学位都没有得到呢。

然而他还是开始工作，写一本小册子——《论人民受教育的权利》。由于思想贫乏，他没有能够写完。

他寻找比较容易写的题目，一连接触了好几个。起初是"儿童的直观教育"，他要求在各个贫困市区里为儿童建立一种免费剧场。父母从他们很小的时候起就带他们去，剧场里用幻灯向他们传授人类各门学科的基本知识。这也许才是真正的授课，视觉启发大脑，图像会深深印在记忆里，使得科学变得可以说是看得见了。

用这种方法来教授世界史、地理、自然史、植物学、动物学、解剖学等，还有比它更简单的吗？

他出版了这篇学术性论文，每个议员送 1 本，每个部长送 10 本，总统送 50 本，巴黎的报纸每家送 10 本，外省的报纸每家送 5 本。

接下来他论述街头图书馆的问题，他提出由国家添置一些小车子，像卖橘子的那种小车子，装满书，在街上推来推去，每个居民出一个苏的租金每个月可以有权租 10 本书。

"人民，"萨克尔芒先生写道："只有在寻找娱乐消遣的时候才肯动弹。既然他们不肯去受教育，那就应该让教育去找他们。"

这些论文没有引起任何反响，不过他还是提出了他的申请。他得到的答复是申请已经被记下来，并在研究之中。他相信自己一定会获得成功，他等着。但是没有下文。

于是他决定亲自奔走。他请求谒见国民教育部长。接见他的是部长办公室的一位秘书，非常年轻，但是举止已经很庄重，甚至有点自高自大，他像弹钢琴似的，按动一系列白色的小按钮来召唤等候在前厅的传达和侍者以及下级公务员。他向申请者保证，说他的事情进行得很顺利，并且建议他继续著书立说。

萨克尔芒先生重新又开始工作。

议员罗塞兰先生如今好像对他的成功特别关心，甚至给他出了许多切实可行的好主意。在这期间，罗塞兰先生获得了勋章，不过谁也不知道他是凭了什么能够得到这个荣誉的。

他指点萨克尔芒先生研究新的问题，介绍他加入一些学术团体，这些学术团体为了博得荣誉，专门研究科学中那些特别高深莫测的部分，他甚至在部里支持他。

然而有一天他来到他的朋友家吃中饭（近几个月他常常来吃饭），握着他的手低声说："我刚为你弄到一个很大的优待。历史著作委员会交给您一个任务，需要到法国各地图书馆进行一次调查研究。"

萨克尔芒激动得吃喝不下，一个星期以后他就动身了。

他从一个城市到另一个城市，查阅目录，在堆着满是尘土的旧书的顶楼上乱翻，遭到了图书馆管理人员的痛恨。

然而有一天晚上他在卢昂，想回去拥抱一下他已经一个星期没有见面的妻子，于是乘 9 点钟的一班火车，夜里 12 点可以到家。

他身上有钥匙，悄悄地开门进去，高兴得浑身上下直打哆嗦，想到可以给她来个出其不意，心里感到十分得意。她的房门关着，真可惜，于是他隔着房门喊道:"让娜,是我!"

她一定是吓了一跳,因为他听见她从床上跳下来,好像是在梦里一样自言自语。接着她跑过去,打开盥洗室,然后又关上,赤着脚在房门里迅速地来回奔走了好几趟,震得桌子上的玻璃器皿都当当响。最后她终于问道:"亚历山大,真的是你吗?"

他回答:"当然是我,快开门吧!"

门开了,他的妻子扑到他的怀里,结结巴巴地说:"啊!真吓人!真没想到,真高兴!"

于是他像做任何事那样有条不紊地开始脱衣服。他从一把椅子上又拿起他的外套,他惯常总是把它挂在前厅里。但是他突然一下子愣住了。纽扣孔里挂着一根红缎带!

他结结巴巴地说:"这件……这件……这件外套上挂着勋章!"

他的妻子一下子扑过来,想从他手里把衣服抓过去:"不……你弄错了……把它给我。"

但是他一直抓住一只袖子,不肯放,疯疯癫癫地重复说:"嗯?……为什么?……解释给我听听?……这件外套是谁的?……既然挂着荣誉勋位勋章,就不是我的。"

她惊慌失措,拼命想从他手里夺过来,结结巴巴地说:"听我说……听我说……把它给我……我不能告诉你……这是一桩秘密……听我说。"

但是他勃然大怒,脸色变得铁青:"我要知道这件外套怎么会到这里来!它不是我的。"

于是她冲着他的脸嚷道:"不,是你的,别说出去,向我发个誓……听我说……好吧,你已经获得勋章了!"

他的情绪波动得那么厉害,不由得放掉了外套,过去倒在一把扶手椅上。

"我已经……你说……我已经……获得勋章了。"

"是的……这是一个秘密,一个大秘密……"

她已经把那件光荣的衣服藏在大橱里,回到她丈夫跟前。她哆嗦着,脸色苍白，接着说："是的，这是我替你做的一件新外套。但是我发誓不告诉你。在一个月或者一个半月之内还不会正式公布。要等到你的任务结束，等你回来的时候才让你知道。是罗塞兰先生帮你的忙……"

萨克尔芒差点儿昏过去，结结巴巴地说："罗塞兰……勋章到手了……他……他让我……让我也得到勋章……啊！……"

他不得不喝下一杯水。

一张小白纸片躺在地上，那是从口袋里落出来的。萨克尔芒捡起来，原来是一张名片。他念道："罗塞兰——议员。"

"你看见了吧。"妻子说。

他高兴得哭起来了。

一个星期以后《政府公报》上公布，萨克尔芒先生由于特殊的功绩，颁发给他荣誉勋位骑士级勋章。

情境赏析

小说在描写罗塞兰与萨克尔芒妻子丑事时，采用了含蓄的笔调。这种含蓄的手法比比皆是，如萨克尔芒暗示妻子去同罗塞兰周旋；萨克尔芒回家所遇到的可疑迹象……这是莫泊桑力图摆脱自然主义影响的最好说明。

杜牧有一句著名的诗句："商女不知亡国恨，隔江犹唱后庭花。"其中的"商女"便指娼妓无疑。自古以来，这种"商女生涯"便是一段辛酸的血泪史。无独有偶，20 世纪 30 年代阮玲玉曾主演过《神女》，说的是心地纯洁的妇女为抚养儿子而沦落为娼的故事。其中虽没有如莫泊桑笔下那个实在的衣橱，但那个禁锢人、扭曲人的心灵的环境，却极为相似。

吃 完晚饭，大家谈起妓女来了，因为男人们在一起，又能谈什么呢？

我们中间有一人说：

"瞧！说到这个题目，我倒遇见过一桩不平常的故事呢。"

他于是讲了起来。

去年冬天，有一个晚上我突然感到很疲乏，那种时不时会向我们的心灵和肉体袭来的使人感到闷闷不乐的、难以忍受的疲乏。那时我正在自己家里，孤单一个人，我清楚地知道如果这样待下去，十分可怕的忧郁症就会发生，那种忧郁症如果经常发作，是可以叫人自杀的。

我于是穿上大衣，走出了门，一点儿也不知道要去干什么。到了林荫大道以后，我就沿着那些咖啡馆漫无目的地转悠，咖啡馆都几乎空无一人，因为那时正下着雨，下的是那种不但能打湿衣服而且也能打湿心灵的毛毛雨，不是那种跟瀑布似的落下来，会把气急败坏的行路人赶到大门洞里去的倾盆大雨，而是使人觉不出雨点的细雨，十分潮湿，不断地在你身上留下感觉不出来的小水珠子，过不了多久便使衣服蒙上一层冰凉的，能透进衣服的苔藓似的水分。

　　怎么办呢？我走去又走来，想找一个地方消磨两小时，这才第一次发现在巴黎到了晚上居然找不着一个可以散散心的地方。最后我决定到"牧羊女游乐场"，那个妓女市场去看看。

　　大厅里人很少。马掌形的游廊里只有一些不三不四的人，从他们的步态、服装、头发和胡子修剪的样式、帽子和气色上，一眼就可以看出他们有多么俗气。难得看到一个望过去像是梳洗过——认真梳洗过，并且全身衣服显得非常协调的人。至于那些妓女呢，都是那种样子，你们都知道的那种怕煞人的姑娘，相貌丑陋、神情疲乏、皮松肉弛，迈着猎取主顾的步伐走来走去，不知什么缘故都装出一种愚蠢的瞧不起人的神气。

　　我心里不觉寻思起来：这些憔悴不堪的女人，说她们胖不如说她们肥油多，这儿臃肿得凸出来，那儿又瘦得干巴巴，腆着议事司铎的大肚子，长着两条鹭鸶长腿，还罗圈着，的的确确没有一个值她们开口要的那一个路易。

　　可是我忽然发现了一个小个子姑娘，看起来还不错：她不算很年轻，不过还娇艳，还有趣，还很动人。我叫住了她，糊里糊涂，不假思索地说出了我为度夜肯出的价钱。我实在不愿意一个人，孤单地一个人回家去，有这个姑娘抱抱总比较好些。

　　我就跟着她走了。她住在殉道者街上一座很大很大的楼里。楼梯上的煤气灯已经灭了。我时不时地要点燃一根蜡绳，脚绊在踏步上，跟跟跄跄，心里很不舒服，跟在我听见的窸窸窣窣响的裙子后面，慢慢走上楼去。

　　到了五楼她停了下来，关上了外道的门之后，她问我：

　　"你要待到明天吗？"

　　"当然。你很清楚我们是这样讲妥的呀。"

　　"好的，我的宝贝儿，我不过是随便问一声罢了。你在这儿等我一分钟，我马上回来。"

　　她就让我待在黑暗里，走了。我听见她关了两道门，她好像还说了话。

我感到奇怪，心里不安起来。她也许有一个权杆儿，这个念头突然在我的脑子里掠过。不过我的拳头和腰板儿都挺结实。"咱们走着瞧吧。"我心里想。

我支着耳朵集中精力听着，听见里面一阵忙乱，有人走路，脚步很轻，小心翼翼地走着。后来听见又打开一扇门，的确像有人说话，不过声音很低。

她回来了，手里端着一根点着的蜡烛。

"你可以进来了。"她说。

她这样用"你"而不用"您"来称呼我，表示她已经属于我所有。我走进了门，先穿过了一个饭厅，看得出从来没有人在这里用过餐，然后踏进了一切妓女住的那种卧室。屋子是带家具出租的，挂着棱纹平布窗帘，床上是一床大红绸面鸭绒被，上面有斑斑点点可疑的污迹。

她又说了：

"宽宽衣服吧，我的宝贝儿。"

我用怀疑的眼光检查了一下她这间屋子。倒是没有什么叫我不放心的。

她衣服脱得那么快，我还没脱下大衣，她已经钻进被窝了。她笑了起来，说：

"喂，你怎么啦？干什么发呆？来吧，快点儿吧。"

我学她的样子脱了衣服，跟她在一起了。

五分钟以后，我真恨不得穿上衣服走掉。可是在家里侵袭我的那种难以忍受的疲乏还控制着我不放，不让我有丝毫动弹的气力，因而尽管在这个大家可以睡的床上感到十分嫌恶，还是留下来了。在游乐场的灯光照耀下，我原来觉得这个女人身上有肉体的诱惑，现在一搂在怀里，这种诱惑就消失了，肉挨肉地贴着我的只不过是跟所有的妓女一式无二的那种庸俗的姑娘，她那毫无感情的、大大方方的吻还带着大蒜的回味。

我开始跟她聊天。

"你在这儿住了很久啦？"我说。

"到正月十五就整整半年啦。"

"以前你住在哪儿？"

"住在克洛泽尔街。可是那个看门女人老跟我捣蛋，我只好退了租。"

她于是没完没了地讲起那个看门女人怎样造她的谣。

这时我突然听见离我们不远的地方有响动。最初是一声叹息，然后是一下轻轻的响声，轻虽轻，但是很清楚，就好像有人坐在一张椅子上转身。

我猛地在床上坐了起来，问道：

"这是什么声音？"

她坦然而从容地回道：

"别害怕，我的宝贝儿，是街坊。墙壁薄，什么都听得见，就像是在这屋里一样。真是倒霉的房子。简直就像硬纸板搭的。"

我的懒劲儿是这么厉害，我又钻进了被窝里。我们又谈起天来。在这种时候所有的男子由于愚蠢的好奇心的推动，总不免要向这些女人打听她们的第一次遭遇，要揭开她们第一次堕落的纱幕，仿佛想在她们身上找出早年遗留下的一丝清白的痕迹，也许是想从与她们当年的天真和贞洁有关的一句话所勾引起来的短暂的回忆中来爱她们。我也受了这种好奇心的不停的袭击，加紧地盘问她最初几个情人的情形。

我明知她要撒谎。那又有什么关系呢？在她的一大片谎言中，我也许可以找到一星半点儿真诚的动人的东西。

"说吧！告诉我那个人是谁？"

"是一个划船爱好者，我的宝贝儿。"

"啊！讲给我听听。你那时在什么地方？"

"在阿尔让特伊。"

"你在那儿干什么？"

"我在一家饭店里当使女。"

"哪家饭店？"

"淡水河水手饭店，你知道吗？"

“还用问，是博南芳开的。”

“对，一点儿也不错。”

“那个划船爱好者，他是怎么引诱你的？”

“就在我给他铺床的时候，他撒起野来了。”

这时我突然记起我一个朋友的理论，他是一位善于观察并有哲学头脑的医生，由于长期在一家大医院里服务，他每日都接触到那些没结婚就生孩子的姑娘和公开卖淫的妓女：那些女人，那些忍受着口袋里装着钱到处游荡的男人的残酷折磨的女人，他每日都接触到她们的种种羞辱和种种苦难。他常对我说：

“一个女孩子第一次堕落，总是，永远是由于受了和她阶级相同身份相同的一个男子的引诱。关于这个我有不少册观察记录。人们谴责富人，说他们摘掉了穷人家女儿们的清白的花。这不是事实。富人们花钱买的是摘下来扎成花束的花。他们也亲自摘花，但已是第二遍开的花了，他们从来摘不到第一遍开的花朵。”

我于是转身向着我的女伴，笑了起来。

“你知道，你那故事我早就知道了。第一个认识你的人绝不是那个划船爱好者。”

“哦，是他，我的宝贝儿，我可以起誓。”

“你撒谎，我的宝贝儿。”

“哦！没有，我敢保证。”

“你撒谎。好，老老实实告诉我。”

她吃了一惊，好像有点犹豫。

我又说：

“我是个魔术师，我的美人儿，我懂催眠术。你不把真情讲给我听，我把你催眠以后，我就可以知道了。”

她感到害怕，因为她跟她那一类的人一样愚蠢。她吞吞吐吐地说：

“你是怎么猜着的呢？”

我又说：

"赶快说。"

"哦！那第一次，几乎没有什么可说。那正是当地的一个节日。饭店里请了一位临时帮忙的厨师头儿，叫亚历山大先生。他一到店里，就由着性儿闹腾起来。什么人他都要指挥，甚至于老板、老板娘也不例外，他简直就像个国王……他是个又高又大的漂亮汉子，站在炉灶前面连一刻也不能保持安静。他老是高声喊叫：'喂！拿黄油来——拿鸡蛋来——拿料酒来。'于是就得把这些东西马上跑着送给他，不然他就发火大骂，骂的那些话会让你臊得裙子底下都发红。"

"等这一天的活儿干完了，他就站在门口抽他的烟斗。我抱着一摞碟子挨着他身边走过，他就这样对我说：'喂！小姑娘，到那河边去一趟，把本地的风景指给我看看。'我呢，跟傻子似的就去了。我们刚刚走到河边，他就对我强来了，这么快，我连他干的什么事都不知道。后来他乘了九点钟的火车就走了，此后我再也没见过他。"

我问：

"就只是这些？"

她结结巴巴地说：

"哦！我想弗洛朗坦就是他的。"

"弗洛朗坦是谁？"

"我的那个孩子呀！"

"啊！很好。你于是就哄那个划船爱好者说弗洛朗坦是他的，对吧？"

"可不！"

"这个划船爱好者有钱吗？"

"是的，他给我的弗洛朗坦留下三百法郎的年金。"

我开始感兴趣了。我又说：

"很好，我的姑娘，很好。别人总以为你们傻，其实你们并不傻。现在，弗洛朗坦多大了？"

她回道：

"他十二岁啦。春天就该第一次领圣体了。"

"好极了，从那以后，你就心安理得干起你这一行了。"

她无可奈何地叹了口气说：

"又有什么办法呢……"

可是忽然就在屋子里发出一下很响的声音，吓得我一下子从床上跳下来，那是一个人的身子摔倒在地上然后扶墙摸壁爬起来的声音。

我已把蜡台拿在手里，又害怕又生气地朝四面张望。她也下了地，想拉住我，拦阻我，嘴里嘟嘟囔囔地说：

"没事，我的宝贝儿，告诉你，绝对没事。"

可是我，已经发现这个怪声是从哪个地方出来的了。我笔直地朝着隐在我们床头的一扇门走去，猛地拉开了门……我看见了一个可怜的小孩子。他脸色苍白，十分瘦弱，坐在一张大软座椅子旁边，他就是从这椅子上掉下来的，他哆哆嗦嗦，睁着两只惊慌的、亮晶晶的眼睛看着我。

他一看见我就哭了，随后张开两臂向他的母亲奔过去。

"这不能怪我，妈妈，这不能怪我。我睡着了，掉下来了。别骂我，这不能怪我。"

我转身望着这个女人。我说：

"这是什么意思？"

她好像又慌张，又伤心，断断续续地说：

"有什么法子呢？我挣的钱不够把他送到寄宿学校去！只好把他留在身边，可是又没钱多租一间房。我没客的时候，他就跟我睡。客人要是只待一两个钟头，他可以待在衣橱里，老老实实地待着，这个他懂。可是有人要是像你这样在这儿待一整夜，这孩子就得在椅子上睡觉，腰可就要累断了……这也不能怪他……我真想叫你去试试看……整夜都睡在一张椅子上……你看看那是什么滋味……"

她说着说着动了火气，越说越响，喊起来了。

孩子老是哭着。他是个怪可怜的孩子，瘦弱、胆小，是的，他的确可以说是衣橱中的孩子，等到床上空了，才能偶尔回到床上去暖和一会儿。

我也很想哭。

我回到自己家里去睡了。

▌情境赏析▌

在这个故事里，衣橱内外母子二人的人生，都是扭曲的。母亲是妓女，就在衣橱外的床上卖淫接客，她必须用此来维持生活，养活儿子；儿子已十二岁，是懂事的年龄了，但却只能在母亲接客的时候被关在衣橱里，胆战心惊地蜷缩着。这种让人尴尬的情境，既摧残着母亲的心灵，又摧残着儿子的心灵。读者从作家客观、精细、冷静的描写中，不难发现他对笔下被污辱、被损害的小人物命运的深切同情。这里自有作家宽厚仁爱的胸怀在。

《小酒桶》中的玛格卢瓦尔老婆婆是一位以种田为生的老农妇。在金钱的诱惑下与商人希科老板达成了一项买卖田产的协议：希科每月付给玛格卢瓦尔一百五十法朗，直到她去世。玛格卢瓦尔死后她的田产就归希科所有。为了让她早点儿死掉，希科设计使她染上了酒瘾。没过多久，身体健康的玛格卢瓦尔就醉倒在雪地里冻死了。希科只用小小的一笔钱就得到了他心仪已久的土地。小说深刻地揭示出资本主义金钱观念是如何侵入农村及资本家是如何剥削农民的。

埃佩维尔镇上开客店的希科老板在玛格卢瓦尔老婆婆的农庄门前停下了他的两轮轻便马车。他是一个高大的汉子，四十岁，满面红光，腆着个大肚子，本地人都知道他阴险狡猾。

他把马拴在栅栏门的木桩上，进了院子。他有一块地紧挨着这位老婆婆的地，好久以前他就看中了她这份产业。他曾经不下数十次地试图把它买下来，可是老婆婆总是固执地拒绝了。

"我生在这块地上，我也要死在这块地上。"她说。

他进去的时候，她正在屋门前削土豆。她七十二岁了，满脸皱纹，全身干瘪，伛偻着腰，可是跟个年轻姑娘一样，永远不懂什么叫累。希科跟好朋友似的拍了拍她的背，然后坐在她旁边的一张小矮凳上。

"喂！老婆婆，身子骨儿老是这么硬朗？"

"还算不错，您怎么样，普罗斯佩老板？"

"唉，唉！就是有点儿风湿病，要不然可就称心如意了。"

"那太好了，太好了。"

她再也不说什么了。希科看着她干活，她那像钩子似的、满是筋疙瘩的、和螃蟹爪子一样坚硬的指头，跟钳子一样从筐子里钳起了一块灰色的土豆，飞快地转动，另一只手拿着一把旧刀子削着，长条的皮就挨着刀刃削下来了。等土豆整个都变成黄色时，她就把它扔在一个水桶里。三只胆大的老母鸡一个跟着一个走过来，一直走到她的裙子底下拾土豆皮，然后叼着食急急逃开。

希科好像很为难，迟疑不决，心神不定，他话已经到了嘴边，却又不便说出口来。最后，他下了决心：

"我说，玛格卢瓦尔老婆婆……"

"你有什么吩咐?"

"这座农庄，您还是不肯卖给我?"

"这件事不行。您别指望了。已经说过的事，别再啰唆了。"

"可是我想出了一个办法，对我们双方都合适。"

"什么办法?"

"就是这么个办法。您把地卖给我，可是还归您保管。您不明白吗？那就听我把道理讲出来。"

老婆婆停止了削土豆，从起皱的眼皮底下露出一对亮闪闪的眼睛死盯着客店老板。

他接下去说：

"我来讲清楚吧。我每月给您一百五十法郎。听清楚了吧！每个月，我坐着我的小马车给您送来三十枚五法郎一个的银币。可是一切都不改样儿，一点儿样儿也不改；您还照旧住在您的家里，我这方面，丝毫用不着您操心，您什么也不欠我的。您尽管拿我的钱就是了。这样行吗?"

他说完很愉快地、心平气和地看着她。

老婆婆露出不放心的样子仔细打量他，琢磨这里头有没有什么圈套。她问道：

"这是我这一方面，您那方面呢，这座农庄，您还是不能到手啊！"

"这个，您不用操心。老天爷让您活一天，您就在这儿住一天。这是您的家。不过您得到公证人那儿去给我立个小字据，等您百年之后，农庄就归到我名下所有。您没有亲生儿女，只有几个侄子，您根本就没把他们当回事。这样行了吧？您生前保留着您的产业，我每月给您三十枚五法郎一个的银币。这完全是您的赚头儿。”

老婆婆感觉惊奇，忐忑不安，可是心理活动了。

她回答说：

“这倒不是不可以。不过我得在这事上好好琢磨一下。下星期您再来一趟，咱们谈一谈。我再把我的意思告诉您。”

希科老板起身走了，非常高兴，就像一个国王刚刚征服了一个帝国。

玛格卢瓦尔老婆婆可就心事重重了。当夜她就没睡着。整整四天，她拿不定主意，非常苦恼。她确实感觉到这里边有对她不利的地方，可是一想到每月有三十个银币，叮当响的白花花的银币会流到自己的围裙兜里，什么事也不用做，天上会掉下这笔钱来，贪心就跟虫子似的乱钻乱咬了。

她于是跑去找公证人，把事情说给他听。他劝她答应希科老板的建议，不过应该要求五十个银币，而不是三十个，因为她的农庄起码值六万法郎。

“如果您再活上十五年，”公证人说，“按照这种付款的方式，他也只要付出四万五千法郎。”

老婆子一听说每月可以拿进五十枚五法郎一个的银币，惊得直哆嗦；不过她还是不放心，既怕那些预料不到的事，又怕暗藏着的阴谋诡计，她总也不肯走，一直待到天黑，不住地问长问短。最后，她才吩咐公证人预备字据，回了家，头脑混乱得仿佛喝了四罐新酿成的苹果酒。

等希科来听回音的时候，她先是百般装腔作势，声称不干了，可是心里又犯嘀咕，生怕他不同意给五十枚五法郎一个的银币。后来，他一个劲儿地逼，她于是把她的希望提了出来。

他失望得跳了起来，一口拒绝。

为了说服他，她讲了好多道理，说明她可能活不了很久。

“我顶多再活上五六年。我现在快七十三了，身子骨儿并不结实。有天晚上，我还当我要死了呢，就好像有人把我身体里的东西都掏出去了，后来人家只好把我抬上床去。”

不过希科不上她的钩。

"别说了，别说了，您这个老滑头，您跟教堂的钟楼那么结实，您至少可以活到一百一十岁，您一定死在我后头。"

一整天的时间就消磨在这种争论中。老婆婆始终也不让步，到后来客店老板只好答应给五十枚银币。

第二天，他们在字据上签了字。老婆婆还额外要了十枚银币的酒钱。

三年过去了。这位老太太非常健壮。她好像一天也没见老，希科可就悲观失望极了。他觉着这笔钱好像已经付了半个世纪了，他觉着自己受了骗，上了当，破产了。过一阵子他就要去看望一下那个老婆婆，就好比人们七月间到地里看麦子是否已经熟得可以开镰收割。她用狡猾的眼光接待他，简直可以说她因为自己能够这样捉弄他而在那里自鸣得意；他呢，总是立刻就回到他的小马车上走了，并嘟嘟囔囔地说：

"你这个瘦猴，就永远不死啦！"

他束手无策，一看见她，就恨不得把她掐死。他对她怀有一种凶狠的、阴险的恨，是乡下人挨了偷以后的那种恨。

他于是琢磨起办法来了。

终于有一天，他又来看她，像第一次来商议买卖的时候那样，兴高采烈地搓着手。

闲聊了几分钟以后，他说：

"我说，老婆婆，您到埃佩维尔来的时候，为什么不上我那儿去吃饭呢？外边有人说闲话，说咱们的交情破裂了，我听着心里很难受。您知道，亲爱的老婆婆，上我那儿吃饭，一个钱也不用花。吃顿饭，我是不计较的。您只要想来，就别客气，尽管来好啦，这反倒叫我高兴。"

玛格卢瓦尔老婆婆用不着第二次邀请。第三天，她坐着她的马车，让长工塞勒斯坦赶着，上市场买东西，毫无顾忌地把马放在希科老板的马棚里，叫他们喂着，自己就理所当然似的要求那份店主人已经许下的午饭。

客店老板心花怒放，像招待贵妇人似的招待了她，又是子鸡，又是灌肠，还有鳗鱼、羊腿和肥肉片儿白菜。可是她几乎什么都没有吃，因为她从小过的是俭朴生活，一向只是吃点汤和一块抹黄油的面包就行了。

希科大失所望，只好一个劲儿地劝她吃。而且她什么也不喝，就连咖啡也不肯喝。

他问道：

"您总可以喝一小杯吧。"

"这倒行，可以的。我不拒绝。"

他于是使足了劲向客店的那一头喊道：

"罗萨丽，快拿白兰地来，要上等的，最纯的！"

女侍出现了，手里拿着一个长瓶子，瓶子上贴着一张葡萄叶形的商标。

他斟了两小杯。

"尝尝这个吧，老婆婆，这可是好东西。"

那位老太太慢慢地喝起来，一小口一小口地喝着，为的是多享受一会儿。等把那杯喝完，她把剩下的点点滴滴也倒在嘴里，然后表示：

"一点儿不错，真是好酒。"

她话还没说完，希科已经给她斟上了第二杯。她想拒绝，已经来不及了，她跟喝第一杯一样品了好久。

他于是要请她喝第三巡，她拒绝了。他一再地劝说：

"你看，这简直是牛奶嘛；我喝十杯，十二杯，都不费劲，跟糖似的下去了，既不胀肚，也不上头，简直可以说在舌尖上就化成气了。没有比这对健康更有益处的了。"

她原来就很想喝，所以也就没有坚持拒绝，不过她只喝了半杯。

这时候，希科忽然一下子变得非常慷慨，大声说：

"好吧，您既然喜欢这个酒，我就送您一小桶吧，不为别的，就为让您看看，咱们始终是一对好朋友。"

那位老太太也没有表示不要，就走了，她已经多少有了一点儿醉意。

第二天，客店老板进入玛格卢瓦尔老婆婆的院子，然后从车子里拉出一个箍着铁圈的小木桶。他要她立刻尝尝，为的是证明完全是一模一样的好白兰地；等他们每人喝了三杯，他就一面起身一面表示：

"您也知道，喝完了，咱们那儿还有。别客气。我不是斤斤计较的人。

喝得越快，我越高兴。"

他又爬上了他的轻便马车。

四天以后他又来了。老婆婆正在门前切放在汤里的面包。

他走到跟前，问了好，几乎挨着她的鼻子跟她说闲话，为的是闻闻她哈气的味道。他闻出了酒香，于是眉开眼笑了。

"您就不请我喝一杯？"他说。

他们于是一起碰了杯，喝了两三杯。

可是没隔多久，当地就传开了，说玛格卢瓦尔老婆婆常常独自一人喝得烂醉如泥。有时候躺在她的厨房里，有时候躺在她的院子里，有时候躺在附近的路上，一动不动地跟死尸一样，别人只好把她抬回去。

希科不再上她家去了，有人跟他谈到这个乡下女人，他总要愁容满面地嘟囔着说：

"她这把年纪，竟沾上了这种嗜好，这不是太不幸了吗？您瞧，一个人上了年纪，就无法可想了。早晚她得上个大当才算完。"

果然，她上了个大当。第二年冬天，快到圣诞节了，她喝得烂醉，跌在雪地里死了。

希科老板继承了农庄，他对人说：

"这个乡下佬，她要是不贪杯，总还有十年好活吧。"

首饰是上流社会妇女们炫耀的资本。一场豪华的舞会，一场迷人的歌剧，妇女们的脸被首饰的光芒折射得流光溢彩。但如果有人付出十年辛苦去偿还一串只值五百法郎的赝品项链，你会怎么想呢？

莫泊桑并没有用过多的笔墨介绍玛蒂尔德与罗瓦赛尔的身世，而是几笔带过。体现了作品剪裁的巧妙与精细。

世上有这样一些女子，面庞好，风韵也好，但被造化安排错了，生长在一个小职员的家庭里。她便是其中的一个。她没有陪嫁财产，没有可以指望得到的遗产，没有任何方法可以使一个有钱有地位的男子来结识她，了解她，爱她，娶她；她只好任人把她嫁给了教育部的一个小科员。

她没钱打扮，因此很朴素；但是心里非常痛苦，犹如贵族下嫁的情形。这是因为女子原就没有什么一定的阶层或种族，她们的美丽、她们的娇艳、她们的风韵就可以作为她们的出身和门第。她们中间所以有等级之分仅仅是靠了她们天生的聪明、审美的本能和脑筋的灵活，这些东西就可以使百姓家的姑娘和最高贵的命妇并驾齐驱。

她总觉得自己生来是为享受各种讲究豪华生活的，因而无休止地感到痛苦。住室是那样简陋，壁上毫无装饰，椅凳是那么破旧，衣衫是那么丑陋，她看了都非常痛苦。这些情形，如果不是她而是她那个阶层的另一个妇人，可能连理会都没有理会到，但给她的痛苦却很大并且使她气愤填胸。她看了那个替她料理家务的布列塔尼省的小女人，心中便会产生许多忧伤的感慨和想入非非的幻想。她会想到四壁蒙着东方绸、青铜高脚灯照着、静悄悄的接待室；她会想到接待室里两个穿短裤长袜的高大男仆，如何被暖气管闷人的热度催起了睡意，在宽大的靠背椅里昏然睡去；她会想到四壁蒙着古老丝绸的大客厅，上面陈设着珍贵古玩的精致家具和那些精致小巧、香气扑鼻的内客厅，那是专为午后五点钟跟最亲密的男友娓娓清谈的地方，那些朋友当然都是所有的妇人垂涎不已、渴盼青睐、多方拉拢的知名之士。

每逢她坐到那张三天未洗桌布的圆桌旁去吃饭，对面坐着的丈夫揭开盆盖，心满意足地表示"啊！多么好吃的炖肉！世上哪有比这更好的东西……"的时候，她便想到那些精美的筵席、发亮的银餐具和挂在四壁的壁毯，上面织着古代人物和仙境森林中的异鸟珍禽；她也想到那些盛在名贵盘碟里的佳肴；她还想到一边吃着粉红色的鲈鱼肉或松鸡的翅膀，一边带着高深莫测的微笑听着男友低诉绵绵情话的情境。

她没有漂亮的衣装，没有珠宝首饰，总之什么也没有。而她呢，爱的却偏偏就是这些；她觉得自己生来就是为享受这些东西的。她最希望的是能够讨男子们的喜欢，惹女人们欣羡，风流动人，到处受欢迎。

她有一个有钱的女友，那是学校读书时的同学，现在呢，她再也不愿去看望她了，因为每次回来她总感到非常痛苦。她要伤心、懊悔、绝望、痛苦得哭好几天。

可是有一天晚上，她的丈夫回家的时候手里拿着一个大信封，满脸得意之色。

"拿去吧！"他说，"这是专为你预备的一样东西。"

她赶忙拆开了信封，从里面抽出一张请帖，上边印着：

"满脸得意之色"说明了罗瓦赛尔使妻子高兴的"好机会"到来了，可以看出莫泊桑对典型细节的选择。

兹订于一月十八日（星期一）在本部大厦举行
晚会，敬请准时莅临，此致

　　　　　　先生
罗瓦赛尔
　　　　　　夫人

　　　　　教育部部长乔治·朗蓬诺暨夫人谨订

她并没有像她丈夫所希望的那样欢天喜地，反而赌气把请帖往桌上一丢，咕哝着说：

"我要这个干什么？你替我想想。"

> 表现了罗瓦赛尔为了使妻子生活过得愉快，迎合妻子的虚荣心。

"可是，我的亲爱的，我原以为你会很高兴的。你从来也不出门做客，这可是一个机会，并且是一个千载难逢的机会！我好不容易才弄到这张请帖。大家都想要，很难得到，一般是不大肯给小职员的。在那儿你可以看见所有那些官方人士。"

她眼中冒着怒火瞪着他，最后不耐烦地说：

"你可叫我穿什么到那儿去呢？"

这个，他却从未想到。他于是吞吞吐吐地说：

"你上戏院穿的那件衣服呢？照我看，那件好像就很不错……"

他说不下去了，他看见妻子已经在哭了，他又是惊奇又是慌张。两大滴眼泪从他妻子的眼角慢慢地向嘴角流下来。他结结巴巴地问：

"你怎么啦？你怎么啦？"

她使了一个狠劲儿把苦痛压了下去，然后一面擦着被泪沾湿的两颊，一面用一种平静的语声说：

> 窘（jiǒng）：这里指为难的意思。另外还有穷困、使为难的意思。

"什么事也没有。不过我没有衣饰，当然不能去赴会。有哪位同事的太太能比我有更好的衣衫，你就把请帖送给他吧。"

他感到很窘，于是说道：

"玛蒂尔德，咱们来商量一下。一套过得去的衣服，一套在别的机会还可以穿的、十分简单的衣服得用多少钱？"

她想了几秒钟，心里盘算了一下钱数，同时也考虑到提出怎样一个数目才不致当场遭到这个俭朴的科员拒绝，也不致把他吓得叫出来。

盘算：心里算计或筹（chóu）划。

她终于吞吞吐吐地说了：

"我也说不上到底要多少钱，不过有四百法郎，大概也就可以办下来了。"

他脸色有点发白，因为他正巧积攒下这样一笔款子打算买一支枪，夏天好和几个朋友一道打猎作乐，星期日到南泰尔平原去打云雀。

不过他还是这样说了：

"好吧。我就给你四百法郎，可是你得好好想法子做件漂漂亮亮的衣服。"

写出了罗瓦赛尔对妻子的迁就。

晚会的日子快到了，罗瓦赛尔太太却好像很伤心，很不安，很忧虑。她的衣服可是已经齐备了。有一天晚上她的丈夫问她：

"你怎么啦？三天以来你的脾气一直是这么古怪。"

"我心烦，我既没有首饰，也没有珠宝，身上任什么也戴不出来，实在是太寒碜了。我简直不想参加这次晚会了。"

他说：

"你可以戴几朵鲜花呀。在这个季节里，这是很漂亮的。花上十个法郎，你就可以有两三朵十分好看的玫瑰花。"

这个办法一点儿也没有把她说服。

"不行……在那些阔太太中间，显出一副穷酸相，再没有比这更丢脸的了。"

她的丈夫忽然喊了起来：

"你可真算是糊涂！为什么不去找你的朋友福雷斯蒂埃太

丈夫提醒她去借首饰，为以后丢项链，用十年的光阴赔项链做铺垫。

太，跟她借几样首饰呢？凭你跟她的交情，是可以开口的。"

她高兴地叫了起来：

"这倒是真的。我竟一点儿也没想到。"

第二天她就到她朋友家里，把自己的苦恼讲给她听。

福雷斯蒂埃太太立刻走到她的带镜子的大立柜跟前，取出一个大首饰箱，拿过来打开之后，便对罗瓦赛尔太太说：

"挑吧！亲爱的。"

她首先看见的是几只手镯，再便是一串珍珠项链，一个威尼斯制的镶嵌珠宝的金十字架，做工极其精细。她戴了这些首饰对着镜子里左试右试，犹豫不定，舍不得摘下来还主人。她嘴里还老是问：

"你再没有别的了？"

"有啊。你自己找吧。我不知道你都喜欢什么？"

忽然她在一个黑缎子的盒里发现一串非常美丽的钻石项链，一种过分强烈的欲望使她的心都跳了。她拿它的时候手也直哆嗦。她把它戴在颈子上，衣服的外面，对着镜中的自己看得出了神。

然后她心里十分焦急，犹豫不决地问道：

"你可以把这个借给我吗？我只借这一样。"

"当然可以啊。"

她一把搂住了她朋友的脖子，亲亲热热地吻了她一下，带着宝贝很快就跑了。

晚会的日子到了。罗瓦赛尔太太非常成功。她比所有的女人都美丽，又漂亮又妩媚，面上总带着微笑，快活得几乎发狂。所有的男子都盯着她，打听她的姓名，求人给介绍。部长办公室的人员全都要跟她共舞。部长也注意了她。

她已经陶醉在欢乐之中，什么也不想，只是兴奋地、发狂地跳舞。她的美丽战胜了一切，她的成功充满了光辉，所

"焦急""犹豫不决"点出了她的心情。在她看来，这么贵重的钻石项链，女友是不肯轻易借人的。

"很快就跑了"可以看出她的高兴程度。

有这些人都对自己殷勤献媚、阿谀赞扬、垂涎欲滴，妇人心中认为最甜美的胜利已完完全全握在手中，她便在这一片幸福的云中舞着。

她在早晨四点钟才离开。她的丈夫从十二点起就在一间没有人的小客厅里睡着了。客厅里还躺着另外三位先生，他们的太太也正在尽情欢乐。

他怕她出门受寒，把带来的衣服披在她的肩上，那是平日穿的家常衣服，那一种寒碜气和漂亮的舞装是非常不相称的。她马上感觉到这一点，为了不叫旁边的那些裹在豪华皮衣里的太太们注意，她就急着想要跑出大门。

罗瓦赛尔还拉住她不让走：

"你等一等啊。到外面你要着凉的。我去叫一辆马车吧。"

不过她并不听他这套话，很快地走下了楼梯。等他们到了街上，那里并没有出租马车，他们于是就找起来，远远看见马车走过，他们就追着向车夫大声喊叫。

他们向塞纳河一直走下去，浑身哆嗦，非常失望。最后在河边找到了一辆夜里做生意的旧马车，这种马车在巴黎只有在天黑了以后才看得见，它们是那么寒碜，白天出来好像会害羞的。

这辆车一直把他们送到殉道者街，他们的家门口，他们凄凄凉凉地爬上楼回到自己家里。在她说来，一切已经结束。他呢，他想到的是十点钟就该到部里去办公。

她褪下了披在肩上的衣服，是对着大镜子褪的，为的是再一次看看笼罩在光荣中的自己。但是她忽然大叫一声。原来颈子上的项链不见了。

她的丈夫这时衣裳已经脱了一半，便问道：

"你怎么啦？"

她已经吓得发了慌，转身对丈夫说：

"急着"写出了玛蒂尔德怕别人看见的虚荣。

极度刻画了她爱慕虚荣的心理。

"我……我……我把福雷斯蒂埃太太的项链丢了。"

他惊惶失措地站起来：

"什么！……怎么！……这不可能！"

他们于是在裙子的褶层里，大氅的褶层里，衣袋里到处都搜寻一遍。哪儿也找不到。

他问：

"你确实记得在离开舞会的时候，还戴着吗？"

"是啊，在部里的前厅里我还摸过它呢。"

"不过如果是在街上失落，掉下来的时候，我们总该听见响声啊。大概是掉在车里了。"

"对，这很可能。你记下车子的号码了吗？"

"没有。你呢，你也没有注意号码？"

"没有。"

他们你看我，我看你，十分狼狈地看着。最后罗瓦赛尔重新穿好了衣服，他说：

"我先把我们刚才步行的那一段路再去走一遍，看看是不是能够找着。"

说完他就走了。她呢，连上床去睡的力气都没有了，就这么穿着赴晚会的新装倒在一张椅子上，既不生火也不想什么。

七点钟丈夫回来了。他什么也没找到。

他随即又到警察厅和各报馆，请他们代为悬赏寻找，他又到出租小马车的各车行，总之凡是有一点儿希望的地方他都去了。

她呢，整天等候着，面对这个可怕的灾难她一直处在又惊又怕的状态中。

罗瓦赛尔傍晚才回来，脸也瘦削了，发青了，什么结果也没有。他说：

　　"只好给你那朋友写封信，告诉她你把链子的搭扣弄断了，现在正找人修理。这样我们就可以有应付的时间。"

　　他说她写，把信写了出来。

　　过了一星期，他们已是任何希望都没有了。

　　罗瓦赛尔一下子老了五岁，他说：

　　"只好想法买一串赔她了。"

　　第二天，他们拿了装项链的盒子，按照盒里面印着的字号，到了那家珠宝店。珠宝商查了查账说：

　　"太太，这串项链不是在我这儿买的，只有盒子是在我这儿配的。"

　　他们于是一家一家地跑起珠宝店来，凭着记忆要找一串和那串一式无二的项链。两个人连愁带急眼看要病倒了。

　　在王宫附近一家店里他们找到了一串钻石的项链，看来跟他们寻找的完全一样。这件首饰原值四万法郎，但如果他们要，店里可以减价，三万六可以脱手。

　　他们要求店主三天之内先不要卖它。他们谈妥条件，如果在二月底以前找着了那个原物，这一串项链便以三万四千法郎作价由店主收回。

　　罗瓦赛尔手边有他父亲遗留给他的一万八千法郎。其余的便需借了。

　　他于是借起钱来，跟这个人借一千法郎，跟那个人借五百，这儿借五个路易，那儿借三个。他签了不少借约，应承了不少足以败家的条件，而且和高利贷者以及种种放债图利的人打交道。他葬送了他整个下半辈子的生活，不管能否偿还，他都冒险乱签借据。他既害怕未来的忧患，又怕即将压在身上的极端贫困，也怕各种物质缺乏和各种精神痛苦的远景。他就这样满心怀着恐惧，把三万六千法郎放到那个商人的柜台上，取来了那串新的项链。

　　为了一夜的风光要付出如此沉重的代价。

等罗瓦赛尔太太把首饰给福雷斯蒂埃太太送回去时，这位太太神气很不痛快地对她说：

"你应该早点儿还我呀，因为我也许要戴呢。"

她并没有打开盒子来看，她的朋友担心害怕的就是她当面打开。因为如果她发现了调包，她会怎么想呢？会怎么说呢？难道不会把她当作窃盗吗？

罗瓦赛尔太太尝到了穷人的那种可怕生活。好在她早已一下子英勇地拿定了主意。这笔骇人听闻的债务是必须清偿的。因此，她一定要把它还清。他们辞退了女仆，搬了家，租了一间紧挨屋顶的顶楼。

家庭里的笨重活儿，厨房里的腻人的工作，她都尝到了个中的滋味。碗碟锅盆都得自己洗刷，在油腻的盆上和锅子底儿上她磨坏了她那玫瑰色的手指甲。脏衣服、衬衫、抹布也都得自己洗了晾在一根绳上。每天早上她必须把垃圾搬到街上，并且把水提到楼上，每上一层楼都要停一停喘喘气。她穿得和一个平常老百姓的女人一样，手里挎着篮子上水果店，上杂货店，上猪肉店，对价钱是百般争论，一个铜子儿一个铜子儿地保护她那一点儿可怜的钱，这就难免挨骂。

每月都要还几笔债，有一些则要续期，延长偿还的期限。

丈夫傍晚的时候替一个商人去誊写账目；夜里常常替别人抄写，抄一页挣五个铜子儿。

这样的生活过了十年。

十年之后，他们把债务全部还清，确是全部还清了，不但高利贷的利息，就是利滚利的利息也还清了。

罗瓦赛尔太太现在看上去是老了。她变成了穷苦家庭里的敢作敢当的妇人，又坚强，又粗暴。头发从不梳光，裙子歪系着，两手通红，高嗓门儿说话，大盆水洗地板。不过有几次当她丈夫还在办公室办公的时候，她一坐到窗前，总还不免想起当年那一次舞会，在那次舞会上她曾经是那么美丽，那么受人欢迎。

如果她没有丢失那串项链，今天又该是什么样子？谁知道？谁知道？生活多么古怪！多么变化莫测！只需微不足道的一点儿小事就能把你断送或者把你拯救出来！

且说有一个星期天，她上大街去散步，劳累了一星期，她要消遣一下。正在此时，她忽然看见一个妇人带着孩子在散步。这个妇人原来就是福雷斯蒂埃太太，还是那么年轻，那么美丽，那么动人。

罗瓦赛尔太太感到非常激动。去跟她说话吗？当然要去。既然债务都已经还清了，她可以把一切都告诉她。为什么不可以呢？

她于是走了过去。

"您好，让娜。"

对方一点儿也认不出她来了，被这个民间女人这样亲密地一叫觉得很诧异，便吞吞吐吐地说：

"可是……太太！……我不知道……您大概认错人了吧。"

"没有。我是玛蒂尔德·罗瓦赛尔。"

她的朋友喊了起来：

"哎哟！……是我的可怜的玛蒂尔德吗？你可变了样儿啦！……"

"是的，自从那一次跟你见面之后，我过的日子可艰难啦，不知遇到了多少危急穷困……而这一切都是因为你！……"

"因为我……那是怎么回事啊？"

"你还记得你借给我赴部里晚会的那串钻石项链吧。"

"是啊。那又怎样呢？"

"那又怎样！我把它丢了。"

"那怎么会呢！你不是给我送回来了吗？"

生动地表现了十年的艰辛生活对玛蒂尔德容貌的摧毁，写出了她的风韵殆尽、面目全非，连昔日的朋友都认不出她来。

"我给你送回的是跟原物一式无二的另外一串。这笔钱我们整整还了十年。你知道，对我们来说这可不是容易的事，我们是任什么也没有的……现在总算还完了，我太高兴了。"

福雷斯蒂埃太太站住不走了。

"你刚才说，你曾买了一串钻石项链赔我那一串吗？"

"是的。你没有发觉这一点吧，是不是？两串原是完全一样的。"

说完她脸上显出了微笑，因为她感到一种足以自豪的、天真的快乐。

福雷斯蒂埃太太非常激动，抓住了她的两只手。

"哎哟！我的可怜的玛蒂尔德！我那串是假的呀。顶多也就值上五百法郎！……"

> 故事至此戛然而止，留下的一大片空白却耐人寻味，引人深思。

▌情境赏析▌

"如果她没有丢失那串项链，今天又该是什么样子？谁知道？谁知道？生活多么古怪！多么变化莫测！只需微不足道的一点儿小事就能把你断送或者把你拯救出来！"这并不是一处信手拈来的议论，而是作者对人生的一段富有哲理的感叹。莫泊桑安排假项链这一结局，既是增强讽刺效果的匠心独具之处，又是其悲观宿命论的必然选择。玛蒂尔德一生都在做梦，都是虚幻的。作为一个没钱没势的小资产阶级，追求上流社会的浮华生活只能是一种幻想。玛蒂尔德感觉到的幸福只能像这串项链一样，是假的、虚幻的。鲁迅先生曾在课堂上介绍日本著名文艺理论家厨川白村对《项链》的分析："将刹那的幻觉当作生命现象之真，以致堕入悲剧的境地，影响一生的命运。"玛蒂尔德的生活经历了幻想—渴望—追求—实现—失落—补救—虚无这样一个圆圈。铅华洗尽之后，发现终点也正是起点。人生是变幻莫测的，是充满诸多偶然的。一个偶然的机会，玛蒂尔德拥有了一串钻石项链；同样是一个偶然的机会，玛蒂尔德得知她为之辛苦十年的钻石项链不过是串赝品。虽然我们肯定罗瓦赛尔夫妇十年的艰辛劳动，但这一切到头依旧是徒劳。为了一串只值五百法郎的假项链，不是徒劳是什么呢？每个人都有追求幸福生活的权利，但在弱肉强食的资本主义社会中，罗瓦赛尔夫妇之流却难以把握自己的命运，只能成为生活的牺牲品。我们一方面要看到莫泊桑对资本主义社会的批判，另一方面也要认清作品中流露出的"人生虚无"的悲剧观和宿命论色彩。

名家点评

这篇小说反映了金钱世界降临到小人物头上的悲剧，讽刺小资产阶级的虚荣心理，表达了作者对奢靡庸俗的上流社会的反感。

——茅盾

一 俘 虏

"阿爷无大儿，木兰无长兄，愿为市鞍马，从此替爷征。"

"万里赴戎机，关山度若飞。朔气传金柝，寒光照铁衣。将军百战死，壮士十年归。"

这几句诗节选自《木兰诗》，千百年来，木兰这位巾帼英雄的形象家喻户晓，深受人们喜爱。在莫泊桑小说《俘虏》中也有一位转战沙场的女英雄，我们一起来品味她的内心世界中的喜怒哀乐。

森林里没有任何别的声音，只有雪落在树上的沙沙声。从中午起雪就下起来了，纤细的小雪花在树枝上撒下冻结的泡沫，在灌木丛的枯叶上罩上银色的顶盖，在大路小径上铺上又软又白的大地毯，使这一片林海中的无边寂静更显得浓厚深沉了。

森林看守人的家门前，一个年轻女人，袖子卷得老高，正用斧头在一块石头上劈柴。她个子很高，瘦长而结实，从小在森林中长大，父亲和丈夫都是森林看守人。

屋内有个人在喊：

"贝蒂娜，今天晚上只有我们两个人，天黑下来啦，进屋来吧，说不定普鲁士人，还有狼，在那儿转悠呢。"

这个劈柴的女人正抡起斧子劈着一块树根，双臂一举胸口就朝前一挺。她一边劈着，一边回答：

"我这就完了，妈妈。我来啦，我来啦！不用害怕，天还没全黑呢。"

接着她把成捆的细柴和大块的木柴搬进来，沿着壁炉堆好，又出去关上护窗板，用橡木心子做的大护窗板，这才到进屋里，把门上挺沉的横闩推好。

她的母亲在火边纺线，是一个满脸皱纹的老婆婆，上了年纪，胆子也小了，说道：

"我不喜欢你爸爸出去。两个女人，这顶不了大事。"

那个年轻的女人回答：

"啊！我可以打死一只狼，也完全可以打死一个普鲁士人。"

说完，她瞟了一眼挂在炉膛上面的大手枪。

她的男人在普鲁士人刚入侵时参了军。家里剩下这两个妇人和老爹。老爹尼古拉·毕雄，绰号叫"长腿"，是一个老森林看守人。他说什么也不肯离开这儿，搬回到城里去住。

雷代尔是离这儿最近的城市，高高地坐落在一片悬崖峭壁上，原先是个要塞。城里的人一向爱国，居民们决心抵抗侵略者，要按照本城的传统，据守城池，抵御敌人的围攻。雷代尔人已经两次英勇地保卫乡土而享有盛名，一次是在亨利四世时代，一次是在路易十四时代。这一次，没说的，他们也要照老样去做！不然就让敌人把他们烧死在城圈里。

因此他们买了枪炮，装备了一支民兵，按连营编制，整天在练兵场上操练。面包师傅、食品杂货店老板、肉店老板、公证人、律师、木匠、书商、药剂师，全都在规定时间里，轮流在拉维涅先生的指挥下操练。拉维涅先生从前在龙骑兵部队里当过士官，后来娶了拉沃当家长房的女儿，继承了女家的服饰用品店，做了老板。

他搞了个要塞司令的军衔。因为年轻人都参军走了，他于是把剩下的人编成队伍，加以训练，准备抵抗。那些肥胖的人连上街都跑步，为的是消耗身上的脂肪，增加肺活量，瘦弱的人走路也背着沉重的东西，为的是锻炼筋骨。

大家就这么等着普鲁士人。不过普鲁士人并没有露面。然而他们离得并不远：他们的侦察兵已经有两次穿过森林，一直来到绰号"长腿"的森林看守人尼古拉·毕雄的家。

老森林看守人跑起来跟狐狸一般快，立刻到城里去报告。大炮瞄好方向，可是敌人没有出现。

"长腿"的住处成了阿韦森林里的前哨站。他一星期到城里去两次，添购食品，并且给城里的居民送去乡间的消息。

他这一天去报告前天下午两点钟左右有一小分队德国步兵曾经在他家里停留，但几乎立刻又走了。带队的是一个士官，会说法国话。

老人每次像这样出去，总带着他那两条狮子嘴的大狗，因为他怕碰见狼，狼在这个季节里变得更加凶猛。他临走时总叮嘱两个妇人天一黑就关门，守在家里，再也别出去。

那个年轻的女人什么也不怕，可是那个老的总是提心吊胆，不停地说："最后不会有好结果的，你瞧着吧，这一切绝不会有好结果的。"

这天晚上，她比平日更焦急不安。

"你知道爸爸什么时候能回来吗?"她问。

"噢！十一点以前肯定回不来。他在司令家里吃饭，回来总是很晚。"

她正把锅子挂在火上煮汤，忽然停住不动，因为她听见从壁炉烟囱里传过来一种模模糊糊的响声。

她低声说：

"有人在林子里走，至少有七八个人。"

母亲害怕了，停住纺车，结结巴巴地说：

"啊！我的老天爷！你爸爸又不在家！"

她话还没说完，门已经给人砰砰地敲得颤动起来。

两个女人不应声，于是一个喉音很重的人大声喊叫起来：

"快开门！"

在一阵沉寂之后，那个声音又喊了起来：

"快开门，不然我就砸门了。"

贝蒂娜把壁炉上的大手枪掖在裙子的口袋里，然后过去把耳朵紧贴在门上，问道：

"你是谁?"

那个声音回答：

"我就是那天来过的小分队。"

年轻女人又问：

"你们有什么事？"

"今天早上，我和我的小分队在森林里迷了路。快开门，不然我就砸门了。"

这个女森林看守人没有办法，只好赶快把大门闩推开，拉开那扇分量很重的门。她看见因为下雪而变得浅淡发白的黑影里站着六个普鲁士兵，正是前天来过的那六个人。她用坚定的口气问：

"在这个时候，你们跑到这儿来干什么？"

那个士官又说了一遍：

"我迷了路，完全迷了路，我认出了这所房子。从今天早上起，我什么也没有吃，我的小分队也没有吃。"

贝蒂娜说：

"可是今天晚上家里只有我跟我的妈妈。"

那个军人，看上去倒还像个老实人，马上回答：

"不要紧。我绝不会伤害你们，不过你得给我们弄点吃的。我们又饿又累，支持不住了。"

女森林看守人往后退了一步。

"进来吧。"她说。

他们走进屋子，满身都是雪，钢盔上仿佛盖上一层打成泡沫的奶油，看上去很像奶油点心。他们一个个都显得筋疲力尽。

年轻女人指了指大桌子两边的木头长凳。

"坐下吧，"她说，"我给你们煮汤。看样子你们倒真是累得够呛。"

然后她又把门闩上。

她往锅里加水，再放进一些黄油和土豆，然后把挂在壁炉里的一块肥肉取下来，切下一半丢在汤里。

那六个人的眼睛冒着饥饿的火光，随着她的每一个动作转动。他们已经把枪和钢盔放在一个角落里，像坐在长课凳上的小学生一样老老实实等待着。

母亲又纺起线来，时刻不停地拿惊慌失措的眼睛瞧瞧这些入侵的大兵。除了纺车轻微的隆隆声、柴火的哔剥声和渐渐烧热的水的吱吱声以外，什么声音也听不见。

但是，忽然有一种奇怪的声音把他们都吓得直打哆嗦。听上去好像是从门底下传进来的嘶哑的喘气声，一种有力的、呼哧呼哧的野兽的喘气声。

那个德国士官已经一步跳到枪支旁边。女森林看守人做了手势拦住他，微微笑着说：

"是狼。它们跟你们一样，到处转悠，它们饿了。"

那个人不相信，定要亲眼看看，门一拉开，他就看见老大的两只灰色野兽跨着急速的大步跑着逃走了。

他回来坐下，自言自语地说：

"要不是亲眼看见，我真不会相信。"

他等着她的汤煮好。

他们狼吞虎咽地吃起来了，为了多吞一些，把嘴咧到了耳朵根，同时圆眼睛也瞪得挺大，嗓子里发出像檐槽里那种汩汩的流水声。

两个妇人一声不响，看着红胡子迅速地动着，一块块土豆看上去就像是陷进了活动着的毛丛里，一转眼不见了。

他们渴了，女森林看守人于是到地窖下面去给他们取苹果酒。她在那里待了好久，这是一间拱顶的小地窖，据说在大革命时期曾经做过监狱，也做过避难所。下地窖里去要走一道狭窄的螺旋形楼梯，出口就在厨房的尽里头，上面有块翻板活门。

贝蒂娜再出现的时候，她在笑，她暗自一个人在笑，神情颇为阴险。她把一罐子酒交给德国人。

然后她跟她的母亲在厨房的那一头也吃起饭来。

这些大兵已经吃完了，六个人围着桌子打瞌睡。不时地有一个人的脑袋耷拉下来，碰在桌面上，咯的一声，他又猛然醒过来，挺直身子。

贝蒂娜对那个士官说：

"你们就在壁炉前面睡吧，这儿足有六个人睡的地方。我跟妈妈上楼到我的屋子去好了。"

两个妇人上了楼。只听见她们把门上了锁，走动了一会儿，随后就再也没有声音了。

普鲁士人都躺在石板地上，脚向着火，大氅卷成卷儿枕着头。不大工夫，六个人都打起呼来，六种调子各不相同，有的尖锐，有的响亮，不过都一直连续不断，十分吓人。

他们肯定已经睡了很长时间，忽然砰的一下枪声，那么响，简直就像是对着房子的墙放的。士兵们立刻站了起来。可是又响了两枪，跟着又响了三枪。

楼上的门突然打开，那个女森林看守人下楼来了，她光着脚，只穿了衬衫和短衬裙，手里拿着一支蜡，神色惊慌，结结巴巴地说：

"法国兵来啦，至少有二百人。他们要是发现你们在这儿，一定会烧掉房子。赶快到地窖下面去，千万别作声。你们要是弄出一点儿响声，我们就完了。"

"好，好，就这么办，就这么办。从哪儿下去？"

年轻的女人急忙掀起那块四方的小翻板活门，六个人一个跟着一个，倒退着，用脚探着梯级，顺着那道小螺旋形楼梯，下到地底下，不见了。

等到最后一顶钢盔的尖顶看不见了，贝蒂娜就放下分量很重的橡木翻板，那块翻板有墙那么厚，有钢那么硬，钉着铰链，装着一把锁门的锁。她仔细锁好以后，就笑了起来，一种兴高采烈而又不出声的笑。她恨不得在这些俘虏头顶上跳舞。

他们被关在里面，就好比关在一个坚固的匣子里，一个石头匣子里，只有一个装着铁栅栏的气窗透进空气来；他们果然一点儿声音也没有。

贝蒂娜立刻把火烧旺，又把锅子吊在火上，重新煮汤，口里还喃喃地说：

"爸爸今天夜里要累坏了。"

随后她就坐下来，等着。只有挂钟的钟摆在寂静中发出均匀整齐的嘀嗒声。

年轻女人时刻不停地朝钟面上看，焦急的眼光好像在说：

"走得多慢啊！"

可是过不多久，她觉得脚底下的人在低声说话。说话声很轻，含糊不清，隔着地窖的石头砌的拱顶，传到她的耳边。普鲁士人开始识破她的诡计了，隔了一会儿，那个士官爬上了小楼梯，用拳头捶活门。他又喊了起来：

"快打开！"

她起身，走到跟前，学着他的德国口音说：

"你要干什么？"

"快打开！"

"我不开。"

那个人发怒了：

"快打开，不然我要砸开了。"

她笑了起来：

"你砸吧，好小子，你砸吧，好小子。"

他用枪托砸他头顶上的那个橡木盖子。可是这个木盖，就是用大炮来轰也轰不开。

女森林看守人听见他下去了。士兵们一个跟着一个上来试试自己的力气，检查关闭装置。不过他们一定是认为他们的企图都是白费力气，于是回到地窖底下，又说起话来。

年轻女人先是听他们说话，后来去把大门打开，支着耳朵在黑夜中仔细听。

远处传来一阵狗吠。她像猎人那样吹了一声口哨，几乎立刻从黑暗里蹿出两条大狗，欢蹦乱跳地向她扑过来。她抓住它们的脖子，按住它们，不让它们再跑。然后她使足了力气喊了一声：

"嗨！爸爸！"

一个声音回答，可是还很远。

"嗨！贝蒂娜！"

她等了几秒钟，又喊：

"嗨，爸爸!"

那声音近了，又回答：

"嗨! 贝蒂娜!"

女森林看守人又喊道：

"别走气窗跟前。地窖里有普鲁士人。"

突然在左边出现了一个高大的男人身影，在两棵树干中间。他不安地问：

"地窖里有普鲁士人! 他们干什么?"

年轻女人笑了起来：

"就是前几天来的那一伙。他们在森林里迷了路，我把他们全都关进地窖里去了。"

她把怎样放手枪吓唬他们，怎样把他们关在地窖里，从头叙述了一遍。

那个老人仍旧很严肃地问：

"现在你要我怎么办呢?"

她回答：

"快去请拉维涅先生带他的队伍来。他可以把他们俘虏。他一定会高兴的。"

毕雄老爹微笑了：

"这倒是真的，他一定会高兴的。"

他的女儿又说：

"汤已经给你煮好。赶快吃了再走。"

老森林看守人在桌边坐下，先满满盛了两盘放在地上喂狗，然后自己才吃了起来。

普鲁士人听到有人说话，不言语了。

"长腿"在一刻钟以后又动身了。贝蒂娜双手捧着头等候。

被囚禁的人又开始吵闹，他们高声喊，大声叫，还不住地拿枪托狠狠地捣那纹丝不动的活门。

后来他们又开始从气窗朝天放枪，毫无疑问他们是希望有出来巡逻的普鲁士小分队在附近经过，能够听见他们的枪声。

女森林看守人不再动了，不过他们这样吵闹，使她心烦气恼。一股无名怒火从心里升起，她恨不得把这些坏蛋一个个都杀了，免得他们再吵。

接下来她越来越感到迫不及待，她望着挂钟，一分钟一分钟地计算时间。

爸爸走了有一个半钟头了。他现在该到城里了。她仿佛看见了他。他把事情告诉了拉维涅先生。拉维涅先生激动得脸色发白，马上拉铃叫女仆把军服和武器给他送来。她好像听见鼓手在街上奔跑。许多窗口有慌张失色的脸探出来。民兵们从各自的家走出来，衣服还没穿好，气急败坏，边走边扣着腰带，跑步向司令的住宅奔去。

然后队伍由"长腿"领路，在黑夜里冒雪向森林前进。

她望着挂钟。"再过一个钟头，他们就可以到了。"

她感到了一种神经质的焦躁。每一分钟都像是没有尽头。时间过得多么慢啊！

最后，钟上的指针走到了她推测他们会到达的时间。

她又打开了门，听听他们来了没有。她看见一个黑影小心翼翼地走过来。她一害怕，失声叫了出来。原来是她的父亲。

他说："他们打发我来看看有没有什么变化。"

"没有，一点儿变化都没有。"

他于是朝着黑夜吹了一声又尖又长的口哨。很快就有一堆棕色的东西在树底下慢慢地过来，这是一支十人组成的先头部队。

"长腿"时刻不停地重复说：

"别走气窗跟前。"

先到的人把可怕的气窗指给后到的人看。

最后队伍的主力出现了，一共有二百人，每人带着二百发子弹。

拉维涅先生激动得发抖，他布置队伍，把房子四面包围起来，只在地窖通空气用的那个贴着地面的小黑窟窿前面留出一大片空白地带。

然后他走进屋子，询问敌人的实力和现状，他们现在是声息全无，简直叫人以为他们不见了，消失了，从气窗飞走了。

拉维涅先生拿脚踩了踩活门，喊道：

"普鲁士军官先生！"

德国人不回答。

司令又喊道：

"普鲁士军官先生！"

怎么叫也没有用。足足有二十分钟之久，他一直在催促那个一声不响的军官缴械投降，保证他和他部下的生命安全，并且保证尊重他们的军人荣誉。可是他既得不到同意的表示，也得不到敌对的表示。情况变得十分尴尬。

那些民兵像马车夫取暖那样，在雪地里跺脚，抡起胳膊拍打自己的肩膀。他们看着那个气窗，想从气窗前面跑过去的那种稚气的念头越来越强烈。

最后他们中间有一个叫波特万的人，灵活敏捷，挺身出来冒险了。他猛地一使劲，像鹿一样快地蹿过了气窗。这个试探总算成功了。俘虏好像都死了一样。

有一个人喊道：

"里边没有人。"

又有一个兵在这个危险的窟窿前面穿过了那片空白地带。接着这变成了一种游戏。跟小孩玩抢位子游戏一样，时刻不停地有人从这一队跑到那一队，脚步飞快，踏得身后的雪溅得老高。为了取暖，已经有人用枯枝燃起了好几堆旺火，火光把国民自卫军在右面营地和左面营地之间来回奔跑的侧影照得清清楚楚。

有人喊道：

"该你啦，玛洛瓦松。"

玛洛瓦松是个肥胖的面包师傅，他的大肚子经常遭到弟兄们的取笑。

他迟疑不决。大家嘲笑他。他于是下了决心，迈着正规的小跑步，喘着气出发了，大肚子一颠一颠地颤动着。

整个队伍都笑得流泪。有人还喊着鼓励他：

"加油，玛洛瓦松，加油！"

他刚跑到全程的三分之二的地方，从气窗里冒出了一条长长的飞快的红色火光。砰的一声枪响，大胖子面包师傅惨叫一声扑倒在地上。

没有一个人冲过去救他。大家看着他哎哟哎哟地喊着，在雪地上往前爬，等爬出危险地带，就立刻晕过去了。

他的大腿上中了一粒子弹。

在最初的惊讶和最初的恐惧过去之后，大家又笑起来了。

可是要塞司令拉维涅在森林看守人的房门口出现了。他刚决定了他的进攻计划。他用响亮有力的嗓音命令：

"白铁铺老板普朗许带着他的工人过来！"

三个人走到司令面前。

"把房檐上的檐槽拆下来。"

一刻钟之后，他们给司令送来了二十米长的檐槽。

他于是派人极其小心地在地窖活门的边上钻了个小圆窟窿，用唧筒做了一条引水管道，一直通到这个窟窿，然后兴高采烈地宣布：

"我们要请这几位德国先生喝个痛快。"

一阵猛烈的叫好声爆发起来，紧跟着是欢乐的叫声和发狂般的笑声。司令又组织一批人分成几个小分队，每五分钟换一次班。然后他发出了命令："抽水！"

唧筒的铁柄摇动起来，沿着水管有水流动的细小声音，一会儿工夫水就流到地窖里，顺着梯级往下流，可以听到像瀑布的潺潺声，像金鱼池的假山上流水的潺潺声。

大家都等着。

一小时，两小时，三小时过去了。

司令坐立不安，他在厨房里走来走去，不时把耳朵贴在地面上听，想要猜出敌人在干什么，还在考虑他们会不会马上就投降。

敌人现在骚动起来了。可以听见他们在移动酒桶，在说话，在蹚水。

后来，到了早晨八点左右，从气窗里传来了一个人声：

"我要跟法国军官先生说话。"

拉维涅站在窗口，微微往里探着头回答：

"你投降吗？"

"我投降。"

"那么，把武器扔出来。"

于是立刻从窗口里扔出一支枪，掉在雪地里，紧跟着第二支，第三支，所有的枪都扔出来了。刚才那个声音宣布说：

"我没有枪了。你赶快吧。我快要淹死了。"

司令发布了命令："停止！"

唧筒的铁把手停止不动了。

他先在厨房里布满了兵，一个个都持枪立正；然后他慢慢地揭开了地窖的橡木活门。

先露出四颗水淋淋的头，四颗金黄色长头发的头，脸色苍白。六个德国人一个跟着一个爬上来，哆哆嗦嗦，浑身是水，神色十分慌张。

他们立刻被抓住，捆了个结实。然后因为怕遭到敌人突然袭击，队伍马上分成两队出发了，一队护送俘虏，一队护送玛洛瓦松，他躺在用两根长竿和一床褥子扎成的担架上。

他们凯旋回到了雷代尔。

拉维涅先生因为俘获了普鲁士的一支先头部队而荣获勋章；那个胖面包师傅因为在敌前受伤，也得到了军功奖章。

"多做事，少说话，甚至不说话"这句话既可以作为小公务员的工作准则，又是莫泊桑为做到语言精练而采取的一种手段。"穷鬼"自始至终没有开口说一句话，然而"此时无声胜有声"，无声的抗议比大喊大叫更具震撼力。

别看他又穷又残废，当初却也有过几天比较好过的日子。

十五岁那年，在通往瓦维尔的大道上，他的双腿被一辆大车碾断。从那以后，他便晃晃悠悠架着两根木拐在路旁那些农庄里窜来窜去要饭为生。因为架拐日久，两肩就高耸到耳边，脑袋也就好比夹在两座山峰的中间。

他本是比埃特村的本堂神父于万灵节的前夕，在一条沟里捡着的弃婴，因此给他起了一个名字叫尼古拉·诸圣。他仗着大家的慈悲布施长大，没受过任何教育；村里的面包房老板为了逗笑取乐，请他喝了几杯烧酒，害他成了残废，从此他就变成个流浪汉，除了伸手求乞，不会干丝毫别的事。

从前，德·阿瓦里男爵夫人在紧挨府邸的农庄里，鸡窝旁边，给他留下一块铺着干草类似狗窝的地方，他可以在那里睡觉；饿得难以忍受的时候，他到了府邸厨下，总可以得到一块面包和一杯苹果酒。老太太还常常从门前台阶上，或从卧室的窗口丢给他几个铜子儿。现在老太太已经去世了。

在村子里，人们是不大给他东西吃的，人们太清楚他的为人了。四十年来，老看见他那披着破烂衣衫的残废身体架在两条木拐上面，从这家茅屋走到那家茅屋，人们早已感到厌烦。可是他呢，一点儿也不想走开，因为在地球上，除了这一个角落，除了他在里边苦挨岁月的三四个村落外，他并不认识别的地方。他自己限定了要饭的区域，他的习惯是不走出界外，所以他总也不会越出这个界限。

他不知道他所看到的树木后面是否还有世界。他心里也从不思索这个问题。那些乡下人老在自己的田边或沟旁遇见他，感到心烦，常常这样高声问他：

"为什么你不到别的村子去，老在这儿拐来拐去？"

他总是一言不答地走开，心里突然涌起一种对陌生世界模糊的恐惧。穷人害怕的东西何止千百种：陌生的面孔，素不相识的人的斥骂和疑虑的眼光，大道上成队走着的宪兵，这一切都叫他害怕，他见了宪兵常常本能地钻进灌木丛中或躲到石子堆的后面。

当他远远望见阳光底下亮光闪闪的宪兵时，他的行动突然间变得特别敏捷，像猛兽躲藏时那样敏捷。他会从木拐上很快地出溜下来，跟一堆破布似的落在地下，把身子缩成一团，变得非常小，就好比缩在窝里的野兔一样紧挨着地皮趴着，那一身棕色的破衣服也跟土色不相上下，简直看不见他了。

其实，他从来也没有跟宪兵打过交道。可是这种恐惧和这种机警好像是他血液里天生带来的，好像是从他向未见过面的父母那里遗传下来的。

他没有藏身之处，没有家庭，没有茅屋，没有躲避风雨的地方。夏天他到处睡觉；冬天，他异常巧妙地溜进人家的谷仓或牛羊圈里睡觉。他总不等到人家发觉他的踪迹就先已离开。他知道从哪些窟窿可以钻进这些房子；因为操纵木拐，两臂变得强壮惊人，他仅仅凭着手腕的力量就能爬到收藏干草的顶楼里；遇到他挨家讨饭讨得足够吃的时候，他还会在那里接连待四五天不离开。

他尽管生活在人群中，却跟林中野兽一样，一个人也不认识，一个人也不爱，在那些乡下人中间只引起一种冷酷的轻蔑和无可奈何的反感。大家给他起个绰号叫"吊钟"，因为他在两根木棍当中摆来摆去，活像吊在木架中间的一口钟。

两天以来，他一点儿东西也没有下肚。现在没有人再给他吃的了。终于谁也不要他了。农妇们站在自己门口一看到他，就老远地喊道：

"你还不走开，你这个下流东西！不是三天前我刚给过你一块面包吗？"

他于是架着木拐转过身去，走到旁边的人家，在那里他受到了同样的接待。

妇人们站在各人门口互相表示意见说：

"我们不能整年养着这个一事不做的懒汉啊。"

可是这个懒汉每天都需要吃东西。

他已走遍了圣伊莱尔、瓦维尔和比埃特，没有讨得一个小钱或一块面包皮。现在只有图尔诺尔一处希望了，可是他得在大道上走两法里，肚子和衣袋一样空空如也，他感到累得再也不能挪动。

不过他还是出发了。

那时正是十二月，寒风在田地里刮着，在光秃秃的树枝间呼啸着；低暗的天空里云块飞驰，匆匆地不知要奔向何方。残废人慢慢地走着，很费力地一先一后移动着两根拐棍，用留下的一条弯曲的腿支着身子，这条腿的下端还留着一只畸形的脚，裹着一块破布。

他不时地在沟边坐下来休息几分钟。他的昏乱的、沉重的心灵里感到饥饿的悲哀。他只有一个念头：吃。可是他不知道用什么方法才能弄到吃的。

他在这条漫长的大路上奔波了三个钟头，后来居然看见村里的树木了，他于是加快了动作。

当他张嘴向他遇见的第一个乡下人乞求时，对方这样回答他：

"你又来了，老主顾！这么说，我们永远没法躲开你了？"

"吊钟"只好走开。他挨门讨过去，大家都这样粗暴地对待他，任何东西也不给他就把他赶走。他又耐心又执拗，还是挨家求乞了一遍，一个铜子儿也没有讨到手。

他只好改道到村外各农庄去，于是在雨水泡软了的地上走来走去，疲倦得简直提不起他的木拐。人们总是把他赶出来。天气是这样一种又冷又愁惨的天气，人们遇到这种天气，心里便觉得凄凉，脾气变得容易发怒，心灵变得阴沉，既懒得伸手施舍东西，也懒得伸手援助别人。

等他走完了他所认识的几家人家，他便到希盖老板院子旁边，在一条长沟的角上倒下。他从钩上卸下来，这是别人的一种说法，其实就是把两根高木拐夹在胳膊下面，从上面出溜下来。他好久好久待着不动，受着饥饿的折磨，可是他太愚蠢，并不能深入了解到他那深不见底的穷困。

也不知他在那儿等待什么。我们心中是经常抱着毫无目的的期望的。在这个院子的角落里，寒风呼呼吹着，他等候着神秘的援助，这种援助，我们一直希望上天或别人会给我们送来，既不问援助怎样来，为什么会来，也不问通过谁来，只是希望它来罢了。一群黑母鸡从他身旁经过，它们在这个哺养众生的大地上寻找食物。它们时时刻刻用嘴啄起一粒谷粒或是一条人们看不见的虫子，从容地、准确地继续搜寻着。

"吊钟"先是心里什么也不想地看着它们，后来忽然在肚子里，而不是在脑子里产生了一个念头，不，仅仅是一种感觉，他感到如果用枯枝生上火，把这些动物弄一只过来烤熟，一定很好吃。

他丝毫没想到他这就要犯盗窃罪了。他抄起了手边的一块石头，他手很灵活，石头扔出去之后，一下子就把离他最近的那只鸡打死了。那只动物扇着翅膀侧着身子倒下去。别的鸡移动着细腿摇摇摆摆地跑开了。"吊钟"重新架上了木拐，跟那些母鸡一样摇摇摆摆，走去拾他的猎获物。

他刚走到那个头上沾着血迹的小黑东西旁边，就觉得有人在他背上狠狠地推了一下，推得他木拐也脱了手，朝前滚了有十步远。希盖老板怒气冲冲地向这个小偷扑了过来，拼命地打他，又是拳打又是膝盖顶，在这个无力抵抗的残废人身上，像发了狂似的打起来，一个被人窃取了东西的乡下人打人总是这样狠的。

农庄里的长工们也出来了，帮着东家狠狠地揍这个乞丐。等他们打得累了，才把他从地下抓起来抬走，关到柴房里，并派人去叫宪兵。

"吊钟"已是半死不活，躺在地上，流着血，饿得要命。先是黄昏来临了，继而是夜，继而是黎明。他始终也没吃东西。

快到正午的时候，宪兵出现了，他们预料对方会抵抗，因为希盖老板声称曾经受到穷鬼的攻击，费了九牛二虎之力才保护了自己，他们小心谨慎地把门打开。

小队长一声叱喝：

"站起来！"

可是"吊钟"已不能动弹，他试着用木拐把自己支起来，但是没有成功。他们以为这个小偷在装假，在耍奸使坏，故意不肯起来，那两个武装的人于是毫不客气，抓住了他的肩膀，硬把他架在他的木拐上。

他感到非常恐惧，这是天生对黄色军用皮带的恐惧，是飞禽走兽遇见猎人时的恐惧，是老鼠遇见猫时的恐惧。他使出了超人的力气，竟能站稳了。

"走！"小队长说。他也真的走了起来。农庄上的人都看着他走。妇人们举着拳头威吓他，男人们嘲笑着，不住口地骂他。总算把他抓起来了！这一下可好了。

他夹在两个宪兵中间走了。有一股在绝望中产生的毅力支持着他，使他一直熬到黄昏。他的神志已经不清楚，他害怕得什么事也不明白了，因此自己究竟遭到了什么祸水也不知道。

路上遇见的人都停下来看他走过去，乡下人都低声说道：

"一定是个贼！"

傍晚的时候，他们来到了区首府。他从来没到过这个地方。他确实不能想象发生了什么事情，也不能想象还会发生什么事情。所有这一切可怕的、预料不到的事情，这些从未见过的面孔、新房屋都使他感到惊慌失措。

他一句话不说，因为他一点儿也弄不清楚，所以他也无话可说。况且他已经有那么多年没跟任何人谈过话，差不多已经失去了使用语言的能力。他的思想也过于混乱，无法用话语表达出来。

他被关到镇上的监牢里。宪兵们想不到他会需要吃东西，就这样把他撂到第二天。

不过等到一清早，人们来审讯他的时候，却看见他已经死在地上。多么出人意料啊！

情境赏析

莫泊桑的《穷鬼》不以结构取胜，也得不到"欧·亨利式结尾"的快感，人物的命运从一开始就按预定轨道自然展开，没有突变，没有传奇，"穷鬼"注定要离开这个世界，仅仅因为饥饿和一只鸡，这个流浪汉不能继续他的流浪之旅。然而他的死却让小说中的村民和警察们意想不到，这真是莫大的讽刺！

小说中有一句描写："四十年来，老看见他那披着破烂衣衫的残废身体架在两条木拐上面，从这家茅屋走到那家茅屋，人们早已感到厌烦。"这句话唤醒了我们童年的记忆，尤其是"披着破烂衣衫的残废身体"，让我们记起了一幅幅熟悉的画面。

名家点评

莫泊桑的小说具有"形式的美感"和"鲜明的爱憎"，他之所以是天才，是因为他"不是按照他所希望看到的样子而是照事物本来的样子来看事物"，因而"就能揭发暴露事物，而且使得人们爱那值得爱的、恨那值得恨的事物。"

——（俄）列夫·托尔斯泰

爱情的歌被无数人吟唱过，爱情的故事经无数人传诵过。不过，当涉世未深的小女孩想知道什么是爱情时，恐怕很难得到一个满意的答案。

苏联教育家苏霍姆林斯基面对 14 岁女儿提出的这个问题时，不回避，不敷衍，而是用了一个充满诗意的故事，阐释了爱情的真谛。

如果修软垫椅的女人知道这个故事，她的命运是否会改变呢？

为了庆祝开猎，德·贝尔特朗侯爵家里举行了宴会，这时候宴会快结束了。十一个参加打猎的男人，八个年轻妇女和当地的那位医生，围着大桌子坐着。宴会厅灯火辉煌，桌子上摆满了各色水果和鲜花。

他们谈到爱情，于是掀起了一场激烈的争论，争论的还是那个永远争论不完的老问题：一个人只能认真地爱一次呢，还是能爱几次？有人举出只认真爱过一次的人做例子，也有人举出曾经狂热地爱过多次的人做例子。一般说来，男人都认为爱情像疾病一样，可以不止一次地侵袭同一个人，如果有什么障碍挡在面前，甚至会置他于死地。尽管这个看法难以驳倒，可是妇女的意见却往往是以诗意而不是以经验作为根据，她们认为爱情，真正的爱情，伟大的爱情，一辈子只能有一次；而且这种爱情就跟霹雳一样，一颗心被它击中，从此就被破坏、烧毁，变成一片废墟，其他任何强有力的感情，甚至连任何梦想也不能再在里面生根发芽了。

侯爵曾经爱过多次，所以竭力反对这种意见：

"我认为，一个人能够以全部力量和整个灵魂爱几次。你们举出那些殉情的人作为例子，证明不可能有第二次热恋。我要回答你们：他们如果没有干出自杀这种蠢事—— 一自杀就失掉再次坠入情网的机会——那么，他们的病还会痊愈，他们还会重新去爱，一次又一次地爱，直到他们寿终正寝。情人正和酒鬼的情形完全一样，喝过的还会再喝，爱过的还会再爱。这完全是个气质问题。"

他们挑中原来在巴黎行医、老了才退隐到乡间来的医生做仲裁人。他们要求他发表意见。

他没有明确的意见。

"正像侯爵说的，这完全是个气质问题。拿我来说吧，我就见过这么一次热恋，它延续了五十五年，没有一天间断，直到人死了才告结束。"

侯爵夫人高兴得拍起手来。

"这有多么美啊！能够被人这样爱着，是多么了不起的梦想啊！五十五年一直生活在始终不渝的、刻骨铭心的爱情中，多么幸福啊！受到这样热爱的男子该有多么快乐！他该怎样赞美人生啊！"

医生微笑了：

"太太，这一点倒给您说对了，被爱的确实是一个男人。您认识他，就是村里的药房老板舒盖先生。至于那个女的，您过去也认识，就是那个年年都到府上来修软垫椅子的老婆子。让我来仔仔细细讲给你们听吧。"

女人们的兴致一下子低落下去，她们脸上流露出厌恶的表情，仿佛在说："呸！"似乎只有那些值得上流人关心的有教养、有地位的人才配享受爱情似的。

医生继续说：

三个月以前，我被叫到这个临终的老婆子的床边。她是头天晚上乘着她那辆当房子住的马车来的。拉车的那匹老马，你们也都见过。跟她来的还有她那两条既是她的朋友，也是她的卫士的大黑狗。本堂神父已经先到了。她请我们俩做她的遗嘱执行人，为了让我们真正理解她的遗嘱，她把她的一生都讲给我们听。我不知道还能有什么比这更离奇、更动人的了。

她的父母都是修理软垫椅子的。她从来就没有一个固定的住所。

从小她就到处流浪，穿得又破又烂，满身长着虱子，脏得叫人受不了。他们到一个村子，就在村口路沟边停住，卸下拉车的马，放它去吃草；狗呢，趴在地上，鼻子往爪子上一搁，闭上眼睛睡觉；小女孩在草地上打滚，她的父亲和母亲在路边的榆树底下修理从当地收来的旧椅子。住在这所流动房屋里的人难得开口说话。他们为了决定由谁来吆喝着那句人人都听熟了的"修椅子！"去挨家挨户兜圈子，才不得不交谈几句，谈完以后就开始面对面或者并排坐下来搓麦秸。孩子如果跑得太远，或者想跟村里的孩子打交道，她的父亲就会怒气冲冲地喊她："还不快回来，臭丫头！"这是她听到的唯一一句慈爱的话。

等到她大一点的时候，他们就打发她去收破椅垫子。于是，她在这儿那儿结识了几个孩子，不过从这时候起轮到她的新朋友们的父母厉声吆喝他们的孩子："还不赶快过来，淘气鬼！看你还跟穷要饭的说话！……"

孩子们常常朝她扔石头。

有些太太给她几个苏，她仔细地收藏着。

有一天——她当时十一岁——她路过此地，在公墓后面遇见小舒盖，一个同学抢了他两个小铜子儿，他正在那里啼哭。一个有钱人家的孩子，照她这个无家无业的人的小脑袋想来，应该是一个永远心满意足、快快活活的孩子，居然流了眼泪，这深深地打动了她的心。她走过去，知道他为什么难过以后，就把自己的全部积蓄，七个苏，都倒在他手上。他擦着眼泪，老老实实地把钱收下。她当时高兴得发了狂，大着胆子吻了他一下。他只顾着看手上的钱，所以也随她这样做了。她看到自己既没有遭到拒绝，又没有挨打，就又吻他；她紧紧搂住他，热情地吻过以后就逃走了。

这个可怜的脑袋里转的是什么念头呢？她爱上了这个男孩，是因为把自己流浪所得的全部财产献给他了呢，还是因为把第一个温柔的吻送给了他？这在孩子和成人身上，同样都是一个谜。

有好几个月，她一直想念公墓里的这个角落，想念这个孩子。她怀着

再和他见面的希望，在修理椅子或者买食物的时候向父母报虚账，这儿赚
一个苏，那儿赚一个苏。

　　她再次来到这儿，口袋里已经有了两个法郎，可是她只能隔着他父亲
的药房的玻璃窗，从一瓶红色的药水和一条绦虫中间，张望一下这个打扮
得干干净净的小老板。

　　然而，这使她更加爱他了。药水的鲜艳色彩和水晶玻璃的华丽闪光吸
引她，打动她，使她心醉神迷。

　　她心里保留着无法磨灭的回忆。第二年，她在学校后面遇到了他正在
和同学们打弹子，她一下扑到他身上，搂住他拼命地吻，吓得他哇哇乱叫。
为了让他安静下来，她给他钱：三法郎二十生丁，这真算得上一笔财产了。
他瞪大了两只眼睛瞧着。

　　他收下钱，任凭她尽情地抚爱他。

　　四年里面，她把一笔笔积蓄都倒在他的手里。他心安理得地把钱放进
口袋，因为这是他同意接吻的代价。一次是三十苏，一次是两法郎，一次
是十二苏（她伤心惭愧得哭了，不过这一年的景况也确实太坏），最后一次
是五法郎，一个又大又圆的硬币，使他高兴得笑出来。

　　她除了他，别的什么也不想。他呢，多少有点焦急地等着她来，一看
见她，就奔过去迎接，使得小姑娘的心怦怦直跳。

　　后来，他不见了。他被送到中学去念书，这是她转弯抹角打听出来的。
于是她采取了无数巧妙的手段，来改变她父母的路线，好让他们在假期里
路过这儿。她最后总算成功了，不过却费了一年的心计。她已经有两年没
有见到他，差点儿认不出他来了，因为他变得那么多，个子长高了，相貌
漂亮了，穿着他那件金扣子的学生装显得十分神气。他假装没有瞧见她，
高傲地从她身边走过。

　　她哭了两天，从此以后，她忍受着永无尽期的痛苦。

　　每一年她都要回来，从他面前走过，却不敢招呼他；他呢，甚至不屑
看她一眼。她发疯般爱着他。她对我说："在我眼睛里只有他这么一个男

人，大夫，我不知道世上还有别的男人。"

她的父母去世了，她继续干着他们的行业，不过她养的不是一条狗，而是两条狗，两条谁也不敢招惹的恶狗。

有一天，她回到她念念不忘的这个村子，看见一个年轻女人挽着她心上人的胳膊，从舒盖药房出来。那是他的妻子。他已经结了婚。

当天晚上，她跳进了村政府广场上的那片池塘。一个深夜走过的醉汉把她救起来，送到药房。小舒盖穿着长睡衣，下楼来为她医治。他装作不认识，替她脱掉衣裳进行按摩，然后厉声对她说："你疯了！不应该傻到这个地步！"

这就足以把她治好了。他跟她说过话啦！有好长的一段时间，她觉得很幸福。

她无论如何一定要付医疗费，但是他怎么也不肯接受。

她的一生就这样过去了。她一边修椅子，一边想着舒盖。每年她都要隔着玻璃窗望一望他。她经常在他的药房里买点零星药品。这样，她既可以到跟前看看他，和他说说话，还可以付给他钱。

正像我开头对你们说过的，她在今年春天死了。她把自己的这段伤心史从头至尾讲给我听了以后，要求我把她一生的积蓄全部交给她死心塌地爱着的那个人。因为，照她自己的说法，她工作就是为了他。为了积点钱，好让他在她死后至少会想起她一次，她甚至还常常忍饥挨饿。

因此她交给我两千三百二十七法郎。在她咽气以后，我留给本堂神父先生二十七法郎作为安葬费，剩下的钱我全部带走了。

第二天，我到舒盖两口子家里去。他们面对面坐着，刚吃完早饭。两人都很胖，脸色红润，又神气，又称心，身上散发着一股药味。

他们请我坐下，斟了一杯樱桃酒给我，我接过来以后，就激动地说明来意，我相信他们听了以后一定会流眼泪。

舒盖刚听我说到这个到处流浪的女人，这个修软垫椅的女人，这个跑码头的女工爱他，就气得跳了起来，那副神气看上去倒好像是她偷走了他

的好名声，上等人的尊严，他个人的荣誉，对他来说比生命还要宝贵的
东西。

他的妻子也跟他一样气愤，接连说："这个臭要饭的！这个臭要饭的！
这个臭要饭的！……"似乎找不到别的话好说了。

他站起来，在桌子后面迈着大步走来走去，睡帽歪到一边耳朵上。他
嘟哝着说："大夫，您了解这件事的意义吗？对一个男人来说，这件事情实
在太可怕了！怎么办呢？啊！我要是在她活着的时候知道，一定叫警察把
她抓起来，扔进监狱里。我可以向您担保，她一辈子也出不来！"

我愣住了，没想到自己一片好心却落了这么个结果。我简直不知道该
说什么，做什么好了。可是受人之托，总得终人之事呀。于是我又说："她
托我把她的积蓄交给您，总共是二千三百法郎。既然我刚才说的话好像使
您很不愉快，也许最好还是把这笔钱舍给穷人吧。"

他们夫妻俩大吃一惊，呆呆地望着我。

我从口袋里掏出钱，这笔可怜巴巴的钱，有各个国家的，有各种花纹
的，有金的，也有铜的，混杂在一起。我又问："你们怎么决定？"

舒盖太太先开口了："既然是这个女人的最后愿望……我看，我们也很
难拒绝了。"

她的丈夫有点难为情地说："我们总可以拿这些钱替我们的孩子们买点
东西。"

我冷冷地说："随你们的便。"

他又说："既然她托付了您，那就交给我们好了，我们总可以想办法把
钱用在慈善事业上。"

我放下钱，行过礼就走了。

第二天，舒盖来找我，一见面就问："这个……这个女人，不是把车子
也留在这儿了吗？您把这辆车子怎么处理了？"

"还没有处理，您要，您就拿去吧。"

"好极了，我正需要，我可以把它放在菜园里当窝棚。"

他刚要走，我又叫住他："她还留下那匹老马和两条狗。您要不要?"他吃了一惊，站住说："不要，不要。您想我要它们有什么用呢? 请您随便处理吧。"他笑笑，朝我伸过手来，我只好握了握。有什么办法呢? 在乡下，当医生的总不能跟药房老板作对呀。

我把两条狗留在自己家里。神父有一个大院子，他把马牵了去。车子变成舒盖的窝棚，他用那笔钱买了五股铁路股票。

我一生中见到的一往情深的爱情，就是这一桩。

医生讲完了。

侯爵夫人噙着眼泪，叹了口气说："说真的，只有女人才懂得应该怎样爱!"

上帝是神明而智慧的，他洞察着人间的喜怒哀乐。你有什么心事，尽可以向上帝倾诉。然而为钱而信上帝的人的忏悔是否可以得到上帝的宽恕呢？

萨博一走进马丹维尔的那家酒店，大家就先乐了。这么说，萨博这个人一定很滑稽啦？哎呀，这才是个不喜欢神父的人呢！啊！不喜欢！确实不喜欢！这个鬼家伙恨不得把他们吞下去。

泰奥迪尔·萨博，木匠师傅，在马丹维尔代表了激进派。他长得又高又瘦，一双狡诈的灰眼睛，头发紧贴在两鬓上，两片薄薄的嘴唇。他用他那怪里怪气的口气说"咱们的圣父酒狂"的时候，笑得大家都弯着腰捧住肚子。他决心在星期日人家做弥撒的时候干活儿。每年圣周的星期一他都要宰猪，这样一直到复活节都可以有猪血灌肠吃。遇到本堂神父路过的时候，他总是开玩笑似的说："这一位刚在柜台上把他的天主吞下去。"

神父是个胖子，个子也挺高，很怕他，因为他的玩笑话使他得到不少支持者。玛里蒂姆神父是一个政治家，喜欢玩弄手腕。他们之间的斗争，秘密的、激烈的、不断的斗争，已经持续了十年，萨博是村议会议员。人们相信他会当上村长，对教会来说那肯定是一个决定性的失败。

选举即将举行。玛丹维尔的教会派十分忧虑。一天早上，本堂神父动身到卢昂去了，他告诉他的女佣人，说他去看总主教。

两天以后他回来了，他喜气洋洋，非常得意。到了第二天，大家都知道教堂的圣坛要整修翻新。总主教大人私人掏腰包，付出了六百法郎的修理费。

所有枞木的旧神职祷告席都要拆掉，换成橡树心木的。这是一桩相当可观的木工活儿，当天晚上家家户户都在谈论这件事。

泰奥迪尔·萨博没有心情笑了。

第二天他出门在村里遇到那些邻居，不论是朋友还是敌人，都开玩笑似的问他：

"教堂的圣坛是不是由你来修理？"

他找不出话来回答，可是生起气来了，气可大着呢。

那些狡猾的人还补充说：

"这桩活儿不坏，至少有二三百法郎好赚。"

两天以后，传说修理工作要交给佩尔什维尔的木匠塞勒斯坦·尚布尔朗去做。后来又有人否认这个消息，接着又有人宣布教堂里的全部长凳也都要修理。这需要两千法郎，已经向部里提出申请。这件事引起了极大的轰动。

泰奥迪尔·萨博再也睡不着了。有史以来，当地还没有一个木匠接过这样的买卖。后来又有了传闻，人们在低声地说，把这桩活儿交给外村的人去干，本堂神父感到很难过，可是由于萨博的信仰，他又不能交给萨博。

萨博听到了风声，他在天黑的时候到本堂神父的住宅去。女佣人回答他说神父在教堂里，他于是到教堂去了。

两个许愿终身侍奉圣母的酸溜溜的老姑娘，在神父的指导下，正在为圣玛利亚月布置祭坛。那神父腆着大肚子，立在圣坛中央，指挥两个女人布置，她们爬到椅子上，在圣体龛周围放上一束束花。

萨博好像走进了他最大的敌人的家里，感到浑身不自在，但是赚钱的欲望在咬着他的心。他脱下鸭舌帽，拿在手上，走过去，甚至没有注意那两个老姑娘。她们大吃一惊，一动不动地立在椅子上发愣。

他吭吭哧哧地说：

"您好，神父先生。"

那神父正忙着布置他的祭坛，也没有朝他看一看，就回答说：

"您好，木匠先生。"

萨博不知所措，一句话也想不出来，不过，在沉默了一会儿以后，他说：

"您在做准备。"

玛里蒂姆神父回答：

"是呀，圣玛利亚月快到了。"

萨博又说："这个，这个……"接着就不言语了。

他这时候恨不得什么也不提就转身走掉，但是他朝圣坛望了一眼以后，不肯走了，他看见有十六个神职祷告席要换，六个在右边，八个在左边，两个在圣器室门口，十六个橡木神职祷告席最多值三百法郎，一个人如果手脚不笨，包下来细心干，肯定可以赚二百法郎。

于是他吭吭哧哧地说：

"我是来接活儿的。"

本堂神父露出惊讶的神色。他问：

"什么活儿？"

萨博心里发慌，低声说：

"要找人干的活儿。"

于是神父转过身来，盯住他的脸看：

"您是想谈谈修理我教堂里的圣坛吗？"

玛里蒂姆长老用的那种口气，泰奥迪尔·萨博听了以后，背上起了一阵寒战，他又一次恨不得立刻逃走。然而他还是谦恭地回答：

"正是这样，神父先生。"

于是长老把两条胳膊交叉在大肚子上，仿佛由于惊讶，一下子愣住了。

"您……您……您，萨博……来向我提出这个要求……您……我的堂区里仅有的一个不信神的人……但是这会成为一件丑事，一件众所周知的丑事。总主教大人会训斥我，说不定还会把我撤职的。"

他停了几秒钟，喘了喘气，这才用比较平静的口气继续说：

"我明白您看见把这样重要的一件工作交给邻近堂区的木匠去干，心里很难过。但是我没有别的办法，除非……不行，这办不到……您绝不会同意的。您不同意，就绝对不行。"

萨博这时候望望那一直排列到大门口的一排排长凳。见鬼，要是这些都需要重新更换呢？

他问道：

"您所需要的是什么？您只管说吧。"

神父用坚定的口气回答：

"我需要明确的保证，保证您的诚意。"

萨博低声说：

"我现在不说。我现在不说，也许我们可以谈妥的。"

本堂神父说：

"必须在下个星期日做大弥撒时公开领圣体。"

木匠感到自己的脸刷地一下子白了。他没有回答，反而问道：

"那些长凳是不是也要修理？"

长老很肯定地回答：

"是的，不过要晚一步。"

萨博说：

"我现在不说，我现在不说。我绝不是个不知悔改的人，我对宗教确实抱赞成态度。使我感到不舒服的是那些仪式，但是既然是这样，我绝不会顽固到底。"

那两个侍奉圣母的老姑娘已经从椅子上下来，躲在祭坛后面，她们听着，激动得脸色发白了。

本堂神父看到自己已经得到胜利，突然一下子变得和蔼可亲：

"好极了，好极了。这句话说得聪明，不愚蠢，听见没有？您等着瞧吧，等着瞧吧。"

萨博很不自在地微笑着问道：

"难道没有办法把这次领圣体稍微推迟几天吗？"

但是神父又恢复了严肃的表情。

"从工作委托给您的时候起，我希望我能确实相信您已经皈依天主教。"

接着他比较温和地说下去：

"您明天来忏悔，因为我必须至少审查您两次。"

萨博跟着说了一遍：

"两次？……"

"对。"

神父露出了笑容：

"您也明白，您需要来个大扫除，整个洗洗干净。因此，我明天等您。"

木匠十分激动地问：

"您在什么地方干这件事？"

"当然……在忏悔室。"

"在那边角落里的那个箱子里吗？不过，不过，您那个箱子对我不合适。"

"为什么？"

"因为……因为我对它不习惯，而且我的耳朵有点背。"

神父显得非常随和。

"好吧！您到我家里来。在我的客厅里，就咱们两人单独地进行。您看怎么样？"

"好，那样对我合适，不过您那个箱子，不行。"

"好吧，那就明天，您干完活儿以后，六点钟来。"

"一言为定，一言为定，说了算数；明儿见，神父先生。谁要是耍赖谁是浑蛋！"

他伸出粗糙的大手，神父用手使劲地拍下去。

这啪的一下响声在教堂的拱顶下面传过去，一直消失在那边管风琴的管子后面。

第二天，泰奥迪尔·萨博一整天不能平静。他就像去拔牙齿以前那样感到有点儿心慌。他的脑海里时时刻刻闪过这个念头："我今天晚上要去忏悔了。"他的乱糟糟的心灵，不够坚定的无神论者的心灵，对神圣的宗教奥秘感到了模模糊糊的，但是强大的恐惧，感到惶惶不安。

他一干完活儿就朝神父住宅走去。本堂神父在花园里等他，正沿着一条小径边走边念日课经，看上去十分得意，大声笑着迎着他走过来。

"好，好！真没想到。请进，请进，萨博先生，放心吧，不会把您吃掉的。"

萨博先生先走进屋。他结结巴巴地说：

"如果您不反对，我希望把咱们这件小事立刻先办完。"

本堂神父回答：

"我听候您的吩咐。我的祭披就在这儿。一分钟之后我就可以听您讲了。"

木匠已经激动得什么都不想了，呆呆地望着他披上熨出许多褶子的白祭披。神父向木匠做了个手势：

"跪在这个垫子上。"

萨博不好意思跪下来，仍旧站着不动。他结结巴巴地说：

"跪下来有用处吗？"

但是那长老态度变得非常威严：

"做忏悔非跪着不可。"

萨博跪了下来。

神父说：

"请您念悔罪经。"

萨博问：

"什么？"

"悔罪经。如果您已经记不得了，我念一句，您跟着念一句。"

本堂神父慢慢地、抑扬顿挫地念着神圣的悔罪经文，木匠一句句跟着念。然后他说：

"现在忏悔吧。"

但是萨博不吭声，他不知道从哪儿开始。

于是玛里蒂姆长老帮助他：

"我的孩子，既然您好像不太懂，那就让我来问您。我们按照天主的训诫的次序一个一个地来。仔细听我说，别慌张。要老老实实说，别怕讲得太多。"

汝应敬一神，

爱之以诚意。

"您是否曾经像爱天主那样爱过什么人或者什么东西？您是否全心全意，以您全部爱的力量爱天主？"

萨博费力思索，满头大汗。他回答：

"不。啊，不，神父先生。我尽我可能地爱天主。这个——是的——我非常爱他。要说我不爱我的孩子，不，我不能够说。要说必须在他们和天主中间选择，这个我没法说。要说为了爱天主必须损失一百法郎，这个我没法说。但是我确确实实非常爱他，非常爱他。"

神父严肃地说：

"应该爱他胜过一切。"

萨博满怀诚意地宣布：

"我将尽我可能，神父先生。"

玛里蒂姆长老接着说下去：

天主不可骂，

他物亦如是。

"您可曾有时说过什么渎神的话？"

"没有。啊！这个可没有，我从来，从来不说渎神的话。有时候，在气头上，我当然也说他奶奶的天主！但是我从来不说渎神的话。"

神父大声喝道：

"这就是渎神的话！"

然后严肃地说：

"以后不要再说了。"他继续下去：

> 主日勿做工，
> 专心事天主。

"您在星期日干什么？"

这一次萨博搔了搔耳朵，说：

"我吗，我尽最大的努力侍奉天主，神父先生。我在家里……侍奉他。我星期日干活儿……"

本堂神父打断他，宽宏大量地说：

"我知道，您以后会改好的。下面有几条训诫我放过去，因为我确信您从来没有违背过。我们来看看第六条和第九条。"他再说下去：

> 不可夺人财，
> 也勿取以计。

"您是否曾经用什么手段骗取别人的钱财？"

泰奥迪尔·萨博却生气了：

"啊！绝对没有。啊！绝对没有。我是一个诚实的人，神父先生。这个，我可以发誓，肯定没有。要说有时候我没有向有钱的主顾多算几个钟头的活计，这个我不敢说。要说我在账单上没有多开几个生丁，这个我不敢说。但是盗窃，没有过，啊，肯定没有过。"

本堂神父严肃地说下去：

"骗取一个苏就构成盗窃罪。以后不可再干了。"

> 妄证不可说，
> 谎语最当弃。

"您可曾说过谎？"

"没有，这个没有。我不是喜欢说谎的人。这是我的品德。要说我没有

讲过什么笑话，那我不敢说。要说在与我的利害有关的时候我没有使人相
信绝对没有的事，那我不敢说。但是说到说谎，我可不是喜欢说谎的人。"

神父简单地说：

"以后要更加检点一些。"

接着他说：

　　若非夫妇间，

　　性交宜永忌。

"您可曾渴望或者占有除您妻子以外的任何女人？"

萨博真诚地叫起来：

"这个没有过，啊！这个没有过，神父先生。我可怜的妻子，欺骗她！
不！不！一丁点儿也没有过，不论是在思想上还是在行动上都没有过，绝
不讲假话。"

他沉默了几秒钟，然后好像心里产生了怀疑似的，放低了声音说：

"我进城去，要说我从来没有为了笑笑，为了闹着玩儿，为了换换花
样，到过那种地方，您也知道，就是到过妓院，我不敢这么说……不过我
付钱，神父先生，我每次都付钱。既然我付了钱，那就神不知鬼不觉了。"

本堂神父没有再坚持，赦免了他的罪。

泰奥迪尔·萨博承包了圣坛的修理工作，他每个月都领圣体。